四

時鏡

第八十八章　奉劍與少年

昨日的桃片糕給了周寶櫻一半，姜雪寧想起來還有點喪氣。

她垂首低眸跟在謝危身後進了偏殿。

謝危也不看她，只平淡地一指殿中那張琴桌，道：「練琴吧。」

這時姜雪寧還沒什麼察覺。

謝危講話向來不多，一句話也不說幾個字，她都習慣了。

上回心不靜，這次倒是稍稍靜了些。

坐下來彈完之後，她自己還覺得不錯，想聽聽謝危怎麼說。

可沒想到，聽琴的時候，謝危全程看著窗外，直到那琴音嫋嫋盡了，才回過頭來看了她一眼，道：「起手時心還太浮，彈得急了些，中段稍好，末尾又浮起來。往往妳覺著滿意之後，很快便不讓人滿意了。熟能生巧，還是當再熟悉一些，心再靜一些。」

姜雪寧瞅了瞅自己的手指若有所思。

謝危卻道：「勾指時太快，弦音急促，須待上一韻的餘音將盡時才入。」

於是，姜雪寧終於隱隱察覺到了——

但這個發現與琴無關。

只與謝危有關。

他並不總是笑著的，眼底含著的那一點笑意常常是禮貌居多，但眉眼只需柔和上那麼半分，便總叫人如沐春風。

完美得無懈可擊。

可在這座偏殿裡，他是會皺眉的，也會在沒有旁人的時候冷冷地笑著責斥她。

然而今日一切都淡下去的。

不是冷，只是淡。

儘管言行與平日似乎並沒有區別，可姜雪寧總覺得好像疏遠了一些，隔著一層似的。

這念頭來得太快，也太直接。

她甚至都來不及梳理這感覺究竟從何而起，更不知道到底是有什麼蛛絲馬跡可循。

思緒一飛，眨眼又回到琴上。

「錚……」

姜雪寧按著謝危言語的指點重新嘗試了一遍，然而比剛才更差了，不得其法。

她有些不知所措地望著他。

少女的目光有一點困惑，似乎想要開口再問他什麼，但又不大敢開口。

謝危於是想，她好像一直都是這樣，有些怕自己的。

學琴這件事，說總是沒有用的。

他移步，到姜雪寧身旁來，輕輕將那一卷書擱在了她琴桌邊上，下意識俯身便要將手指搭在弦上。然而當他傾身之時，寬大的袖袍垂落在少女纖細的手臂旁，於是頓了一頓。

桃片糕的事回到他腦海。

她把他當什麼人呢？

又或者，他把自己當成什麼人呢？

神情未變，謝危直接伸手將琴往旁邊挪了挪。

同姜雪寧的距離便拉開了。

搭著眼簾，抬了手指，勾著弦彈了方才那一段，他才將琴還給她，道：「再試試。」

這回離得近，聽得也清楚。

姜雪寧大約明白了。

她試了一試，果然好了不少。

只是抬眸注視著謝危從琴桌旁走過的身影，她卻越發覺得方才劃過心間的那種感覺，不是錯覺。

克制，疏離。

這種保持著距離的感覺，不管是比起往日的含笑責斥，還是比起往日的耳提面命，按理說都會讓她輕鬆不少。

畢竟一開始她就是想遠著謝危的。

可眼下，輕鬆之餘，卻覺得哪裡不對。

但往細裡一想，又不知具體是哪裡不對。

如果說這短短的一日或恐還是她的錯覺，那接下來的這幾天，這種「錯覺」便漸漸加深成了一種真正的感知。

是真的疏淡。

文一樣的講，琴一樣的教，謝危還是往常那個謝危，還是那個滿朝文武所有人都熟悉的謝危。可他沒有什麼脾氣了，姜雪寧對著這般的他便連那少數的一點任性頑劣都不敢顯露。偏殿裡再也沒有閑吃的糕點和零嘴，連茶他都幾乎不沏了，更不用說像前幾次那般叫她去喝了。

這種感覺，像是什麼？

就像是一個人邁出來，又往後退了一步，回到原處。

姜雪寧無端地不大舒服，也不大自在。

她的直覺告訴她，該是有什麼事情在她不知道的時候暗中發生了，也或許是自己無意間做出了什麼不對的舉動，可二人的接觸攏共就那麼多，她實在無從想起。

每每對著謝危想要問個究竟時，又覺矯情。

明明一切看上去都無異樣，叫她從哪裡問起呢？

加上勇毅侯府燕臨冠禮之日漸漸近了，旁的事情，姜雪寧也就漸漸放下了，沒太多的心思去想。

上一世她為燕臨準備了生辰賀禮，可最終沒能送出去；這一世她準備了相同的賀禮，只希望能彌補上一世的遺憾，將之交到那少年的手中。

在又一次出宮休沐的時候，姜雪寧甚至不大來得及去過問尤芳吟那邊的事情辦得如何，逕自吩咐人往城西的鑄劍坊去。

話本子裡總寫寶劍要挑明主。

可事實上真正能鑄好劍的都是匠人罷了，劍給何人從來不挑，能許重金者自為「上主」。

很顯然，這位他們並不相熟的「姜二姑娘」便是這樣一位腰纏萬貫的「上主」。

早在半年之前，勇毅侯府小侯爺燕臨的冠禮便已經引得大半座京城翹首以盼，不知多少有閨秀待嫁的人家等著那少年加冠取字的一日，各處為人說媒的冰人們更是早早準備好了花名冊，就等著冠禮之後把侯府的門檻給踏破。

然而如今的光景，卻是誰也沒料到。

不過短短半年時間過去，昔日顯赫得堪與蕭氏一族並肩的勇毅侯府，已是危在旦夕，隨時有闔府淪落為階下囚的風險。往日是眾人到處巴結鑽營，唯恐小侯爺冠禮時自己不在受邀之列，徒受京中恥笑；如今卻是一張張燙金請帖分發各府，要麼閉門不收，要麼收而不回，生怕再與侯府扯上什麼關係，惹禍上身。

人情冷暖，不過如是。

仰止齋內諸位伴讀除姜雪寧外，與燕臨幾無私交，原本大部分都是趨利避害不打算去。可架不住沈芷衣要去。

非但要去，她還要光明正大、大張旗鼓地去。

眾人都是長公主的伴讀，一聽沈芷衣說要去，便有些猶豫起來，接下來又聽蕭姝說自己要去，其餘人便都被架到了火上，不去也不好。

大傢伙兒一商議，乾脆都陪沈芷衣一塊兒去。

如此便是將來出事追究起來，也與她們背後的家族無關，只不過是她們一幫小姑娘陪著長公主殿下去罷了。

所以，在十一月初八這一日，眾人結伴乘車，自宮中出發，一道去往勇毅侯府。

沈芷衣本說要與姜雪寧一道走，但臨出發前又被蕭太后叫去，只好讓她們先去，自己晚些再到。

這一來，姜雪寧便剛巧與周寶櫻同車。

經過上回「借糕點」的事情後，兩人的關係便近了不少。但陳淑儀、姚惜等人好像很介意周寶櫻對姜雪寧的好感，老怕這小姑娘被她這狐狸精給拐騙走了似的，甭管是在奉宸殿進學，還是在仰止齋小聚，都把周寶櫻給拽著，對姜雪寧十分防備。

周寶櫻也糊裡糊塗，對這些好像沒所謂。

反正嘴裡有東西吃，手裡有棋下，便能兩耳不聞窗外事，不折騰地坐上一整天。

這回居然同車，周寶櫻還手舞足蹈高興了一陣。

畢竟上回的桃片糕太讓人記憶深刻了。

才一上車她就抱住了那大大的引枕，巴巴問姜雪寧：「寧姐姐，她們都不讓我跟妳說話，也不讓我來找妳，這些天可差點饞死我了！那桃片糕，還有沒有呀？」

這可真是哪壺不開提哪壺。

姜雪寧也念叨好幾天了呢。

只可惜這既不是她做的，也不是她家廚子做的，更不是宮裡禦膳房做的，謝危這些天也絕口不提除了學琴、學文之外別的話題，就好像他與姜雪寧之間，除卻師生關係外，的確沒有什麼旁的關係了。

不過……

這好像也是事實。

所以姜雪寧越發不敢過問什麼，只恐又有哪裡做得不對觸怒了他，又或者對那口腹之欲上的事情表現得太熱切，招致他想起舊事，忌憚上她。

此刻她坐在車內，也有些無奈，淡淡地笑了一笑，回周寶櫻道：「沒有了，就那一些，分過一半給妳後，剩下的我都吃了。」

周寶櫻一張小臉頓時垮了下來。

她愁眉苦臉，小聲地抱怨起來：「早知如此，當時謝先生拿走的時候，我就不該那般大方。連我自己都沒吃幾片呢……」

「謝先生？」

姜雪寧忽地一怔。

「妳說謝先生？」

「啊。」周寶櫻點了點頭，有些茫然模樣，接著又癟嘴委屈起來，道：「寧姐姐妳不知道，妳上回給我的桃片糕，我拿回去吃了幾片，剩下的那些，晚上睡之前數了一遍才裝進紙袋，想留著第二天再吃的。結果沒想到第二天偷偷跑到殿外吃的時候，被謝先生撞見。」

姜雪寧終於意識到自己哪裡錯了。

周寶櫻一張包子臉還有些氣鼓鼓的：「我都沒想到，謝先生竟然是這樣的人！他問起桃片糕，我又不能不回答，入宮讀書之前爹爹還教過要尊重師長，我便請他嘗一嘗。原以為他只拿一片，哪裡知道他把剩下的全拿走了，還問我有什麼不對！人家自己都捨不得吃……」

「……」

姜雪寧濃長的眼睫搭了下來，一時竟有些恍惚。

馬蹄聲噠噠，車廂輕輕搖晃。

塵封在她前世陳舊記憶裡的那些事，忽然漸漸在迷霧中變得清晰起來。

君子遠庖廚，便如有些地方女子進不得祠堂一般，是世家大族最森嚴的規矩之一。

謝危是君子，是聖人。

但那時她還只是個鄉下野丫頭，既不知道他的身分，也不懂這勞什子的規矩，聽了府裡那些來接她的人說的話，就一直都沒有懷疑過，只當他真的是什麼往京城投奔姜府去的遠房表少爺。

遇到山匪之後，他們流落山野之間，不知道其他人音信，甚至都不知道怎樣才能走出困境。

高山深谷，如同幽囚。

當時謝危病得還不嚴重，看上去只是有些虛弱，還伴著點從他剛與她同路上京時便有的咳嗽，懨懨模樣，不很愛搭理人。

姜雪寧已經知道自己是姜府的嫡女了。

對方卻不過是個八竿子打不到一塊兒的遠房親戚。

她既怕別人覺著她是鄉野丫頭入京丟臉，也怕別人因此瞧不起她，是以即便落難了也還想使喚謝危，叫他去摘些野果來吃，打些獵物充飢。

結果當然是使喚不動。

自落入困境之後，謝危便抱著他的琴斜放在膝上，坐在那塊坍塌下來的山岩上，看著山嶺之間漸暗的天光。

旁的什麼聲音他都好像聽不見。

其實他似乎是在思考什麼比落難更嚴重的事情，好像進了另一個世界似的。可姜雪寧那時看不明白，只當此人十分不給自己面子，因此還有些惱羞成怒。

不得已只好自己去了。

這當然不是很下得來臺。

但姜雪寧那時也沒別的辦法，腦袋裡轉著轉著便強行為自己找好了理由：這病秧子走兩步就要倒的模樣，別說出去抓個什麼山雞野兔，就是出去摘些野果，說不準一個踉蹌都能在林野裡摔斷腿，到那時她豈不是還要琢磨怎麼背這人一起走？那可划不來。

所以很快就調整好了心態。

於是田莊上那些在京中貴人們看來十分不入流的本事，終於派上了用場。

冬日山林裡並沒有果實。

但她手腳並用費神折騰了一座陷阱，竟運氣極好地抓住了一隻蠢笨的灰毛野兔，便一路心情極好地抱在懷裡回到了山岩下面。

山野裡的笨兔子沒有見過人，剛被抓的時候，還死命撲騰。

可大約是姜雪寧抱得舒服，沒一會兒牠就安然地待在她懷裡了。

她忍不住高興地向上面坐著的謝危炫耀：「看！我抓到的兔子，乖不乖？」

謝危聽見聲音，終於轉過頭來看了她一眼，也看了她懷裡抱著的兔子一眼，那眼神裡是超塵的淡漠，甚至也許有那麼一丁點兒的憐憫。

姜雪寧還伸手摸著牠柔順的皮毛。

謝危平靜地問她：「生火麼？」

那一瞬間，她整個人身子都僵硬下來。

眨了眨眼，望著謝危回不過神。

因為，直到謝危問這一句，她才忽然想起：抓這隻兔子來，是為了果腹，她和謝危已經有些時辰沒吃東西了，很餓，很餓。

她站在那裡不回答。

謝危等了她有一會兒，待天色都暗下來時，大約是知道她回答不了，便沒有再問，而是小心地將那張琴放到了一個妥帖不受風雨的角落，才走到一旁去，拾柴生火。

火堆燃了起來。

周遭的溫度也漸漸上來，並不很熾烈的火光在濃稠如墨的黑夜裡浸染開，照著她抱著那兔子不鬆手的身影，搖晃著投在地上。

謝危站到了她面前來。

他高出她許多。

旁邊火堆的光映在他的面上，因輪廓的深淺而有了不同的明暗，一雙幽沉的瞳孔裡聚攏了光華，只向著她伸出手，要接過那兔子去。

姜雪寧下意識抱得緊了一些，抬起頭來望著他道：「我們、我們要不吃別的吧，我、我再去打個別的東西來……」

謝危沉默地注視她：「那下一個妳捨得吃嗎？」

她站在那裡怔怔不知道該怎樣回答。

謝危的手還是伸了過來。

她用力地抱著那隻兔子，不想給他。可大約是她太用力了，弄疼了那隻兔子，牠竟然在她手背上咬了一口，疼得她一下就把牠放開了。

牠竄到了謝危的手裡。

他竟從寬大的袖袍裡取出了一柄緊緊綁在腕上的短刀。

那時候姜雪寧才知道，這人身上帶了刀。

現在想想，一個什麼病弱的遠房表少爺，手無縛雞之力的書生，隨身帶什麼刀呢？但凡身上藏著刀的，都是走在那最凶險的道上，隨時備著出什麼意外的。

可那時她還傻，不知深想。

謝危抓緊了那隻兔子，按在旁邊的石頭上，便要動刀。

但她站在旁邊發抖。
大約是紅了眼吧。
謝危看見，手上動作便是一停，過了有一會兒，他終於還是一句話沒說，拎著那隻兔子走遠了。等他再回來的時候，方才還活蹦亂跳的蠢兔子已經被剝了皮毛，清理掉了內臟，穿在削尖的樹枝上，被他輕輕架在了火上。
這人甚至還找了些野生的樹葉香料撒上。
姜雪寧抱著自己的膝蓋，坐在火堆旁，埋頭咬著自己的袖子，才沒掉眼淚。
謝危烤好了那兔子，掰了個兔腿遞給她。
她一看，那兔腿表皮金黃，還滲出被熱火烤出的油脂，沾著些不知名的香料，撕開的那部分細肉一條條的，終於沒忍住，「哇」地一聲哭了出來。
哭到哽咽，哭到打嗝，哭到上氣不接下氣。
謝危也奈她無何。
伸出去的兔腿沒人接，與她又不太熟，更不知如何勸，便只好又把手收了回去，自己在旁邊面無波瀾地吃起來。
吃了一小半，看她還在哭。
他便停了下來，又看她片刻，從懷裡摸出一方乾淨的巾帕，打開來放到了她旁邊。
那裡面是不多的幾瓣桃片糕。

只是不多，揣在懷裡，包入手帕，還壓得碎了許多，看著並不很好。

謝危對她道：「吃不下便吃這個吧。」

姜雪寧終究還是餓的。

她也知道那兔子得吃，可一想到牠方才乖乖縮在自己懷裡的模樣，便不想吃，也不敢吃。雖然之前處處看不慣這個遠房來的病秧子親戚，可她還是把那方手帕拾了起來，拿起裡面的桃片糕來吃。

那可真是她兩輩子吃過最好吃的糕點。

甜甜的，軟軟的。

便是裡頭混了眼淚也沒覺出苦來。

可畢竟只有那麼一點。

吃完之後反倒更勾起飢餓的感覺。

於是變得好生氣。

氣自己是個沒骨氣的人，到底還是接過了謝危遞來的另一隻兔腿，一面繼續哭著，一面啃著烤得恰到好處的兔肉，還抽抽搭搭地給自己找理由：「誰、誰叫牠敢咬我……」

謝危就在旁邊安靜地看著火，似乎是笑了一下，倏爾便隱沒，也不說話。

那時候的火堆，燃得有些久了。

丟進去的松枝有細細爆開的聲音。

姜雪寧其實已經不大記得那兔子是什麼味道了，可還記得那桃片糕的鬆軟香甜味道，還有，謝危那乾淨的白衣垂落在地上，沾上些有煙火氣的塵灰，染汙出一些黑……

人在絕境之中，很多事都是顧不得的。

會做平時不敢做的事，會說平時不會說的話。

人也或許和平時不一樣。

生死面前，所有人都剝去塵世間生存時那一層層虛偽的面具，展露出自己最真實，或許是最好，也或許是最醜的一面。

但究竟是在短暫絕境裡努力活著的人是真？

還是在浮華塵世汲汲營營辛苦忙的人是真呢？

姜雪寧真不知道。

周寶櫻看她久久不說話，一副也不知是喜還是悲的出神模樣，心裡莫名有些忐忑，很怕是自己做錯了什麼，小心翼翼地扯了扯她衣袖，問：「是，是哪裡不對嗎？」

姜雪寧眼簾一動，這時才回過神來。

她似有似無地彎了彎唇，聲音渺無地輕輕嘆了一聲，道：「沒有關係。」

謝危這人啊，心眼真是比針尖還小的。

前頭趕馬的車夫將馬車停下了，朝著裡面稟了一聲：「姜二姑娘，鑄劍坊到了。」

姜雪寧對周寶櫻道：「我要下去取件東西，妳稍待片刻。」

周寶櫻便「哦」了一聲，乖乖坐在車裡等她。

鑄劍坊裡的人早知她今日要來取劍，已經準備得妥妥當當。

那劍長三尺二分。

劍鋒以隕鐵鑄成，打磨出一道道水波似的刃芒，並不與燕臨先前用的寶劍一般飾以寶石、鑄以金銀，只是這樣簡單直白地鋒芒畢露。

青鋒一出，寒光逼人。

上一世，尚不知世事深淺的她只想，燕臨出身將門，往後也是要帶兵打仗的，該有一柄殺人的劍；這一世，萬事沉浮都已如煙塵過了，再看此劍，竟透出一種太合時宜的、慘烈的殘酷。

多想那少年，永遠如往昔般熾烈燦爛如驕陽？

可老天爺不許。

暗中露出獠牙的豺狼們不許。

鑄劍師將劍給她看過後，便將之收入匣中，雙手遞交給姜雪寧。

她不知覺如抱琴一般將其斜抱起來。

可待得走出門，到了馬車前，才想起，劍匣不是琴，須得平放。

因在鑄劍坊有一番耽擱，姜雪寧與周寶櫻這輛馬車辰正時分才抵達勇毅侯府。

大約是因為今日燕臨冠禮，原本圍府的重兵都退到了兩旁去。

一眼看去也不那麼嚇人了。

來了的賓客算不上多，可也沒有那麼少，都在門前，一一遞過了帖，由笑容滿面的管家著人引了入內，倒彷彿與侯府舊日顯赫時沒有任何差別。

沈芷衣後從宮內出發，這時卻差不多與姜雪寧同時到。

一掀開車簾，瞧見她，便喊了一聲：「寧寧！」

姜雪寧抱著劍匣下車。

沈芷衣直接從車上跳了下來，也不顧伺候的宮人嚇白了一張臉，走過去拉起姜雪寧便往侯府大門裡面跑起：「走，我們看燕臨去！」

府裡伺候的誰不認識她？

沒有一個上前攔著，都給她讓開道。

她還問了旁邊伺候的人一句：「燕臨現在在哪兒呢？」

管家笑了起來，一張臉顯得十分慈和：「世子在慶餘堂外陪延平王殿下他們說話呢。」

沈芷衣便知道了方位。

勇毅侯府她小時候來過不知多少次，閉著眼睛都能走，此刻連半分停息都不願，拉著姜雪寧一直跑啊跑，繞過了影壁，穿過了廳堂，走過了回廊，終於在那臨水的慶餘堂外看見了人。

沈芷衣於是伸出了手朝著那邊揮了揮，大聲喊：「燕臨！」

那邊的人都看了過來。

原本背對著她們站在水邊廊下的那少年，正由青鋒為他整理了簇新袍角一條褶皺，此刻聽見聲音，便轉過頭循聲望來，見是她們，原本平平的眉眼，頓時燦若晨星般揚了起來，灼灼烈烈，璀璨極了。

燕臨先對沈芷衣笑了一聲，道：「妳也來湊熱鬧。」

說完話，目光卻落在了她身旁那人身上。

沈芷衣轉頭一看姜雪寧還怔怔地站在那裡，便推了她一把，姜雪寧便被推了往前兩步，有些猝不及防、不知所措地站在了少年的面前。

有些日不見，少年的輪廓越發清減，也比往日多了些凌厲。

但在看向她時，一切都柔和了。

「妳也來啦。」

那原本最親昵的「寧寧」二字，被他悄悄埋進了心底，可卻不想與旁人一般生疏地喚她「姜二姑娘」，索性便這樣同她打招呼。

侯府危在旦夕的處境，這一刻好像都不存在了。

他垂眸看向她抱著的匣子，笑著問她：「這是什麼？」

姜雪寧這時才反應過來，隔了一世的生死，終於雙手捧著這劍匣遞到少年的面前，注視著他，回他笑：「生辰賀禮。」

給你的。

上一世便想給你的。

願你，永遠如這劍鋒一般。

異常普通的一隻匣子。

黑漆表面，唯獨鎖扣上鑄著個十分尖銳的劍形。

燕臨好歹是將門出身，一看這扣便知道這匣子乃是放劍的盒子了，於是笑了起來，卻偏偏不立刻伸手去打開，反而故意問她：「沉不沉？」

精鐵混著隕鐵所打造的長劍，能不重嗎？

姜雪寧一細胳膊細腿兒的小姑娘，一路從門外抱了劍匣被沈芷衣拽著跑進來，連頭上戴著的珠花都有些歪了，額頭上沁出細細的汗珠，手的確都要痠死了。

聽見燕臨含笑調侃的這句，她氣得揚了眉。

當下只道：「你知道沉還不接麼？」

燕臨偶然來的壞心調侃，她脫口而出的抱怨。

一切都是玩笑似的親昵。

雖未有任何肢體上的接觸，可彼此的熟稔卻在這一刻顯露無疑。

這可與當日宮道上偶遇時燕臨主動與姜雪寧撇開關係時的表現完全不同。

可此時此刻周遭竟也無人表示驚訝。

或者即便有那麼一點驚訝，略略一想後，也就釋然了：能在如今這種風雨飄搖之時還親自來到侯府，參加燕臨冠禮之人，無一不是與他關係甚密的好友。便是讓他們知道，讓他們看見，實也無傷大雅。

看著姜雪寧那一雙托著劍匣的手已經有些輕顫，一雙黑白分明的漂亮眼睛幾乎有點瞪視著自己，燕臨忍不住壓著唇角笑出聲來，終於還是上前，親手將這劍匣接了過來。

鎖扣一掀，劍匣打開。

三尺青鋒平躺在劍匣之中，天光從旁處照落，手上輕輕一斜，那冷寒的光芒便在眾人眼底閃爍。

周遭一時有驚嘆之聲。

燕臨望著那冷冽的劍鋒，卻是陡地有些沉默。

喉間輕輕一動，他才重看向了面前的姜雪寧，道：「沒有劍鞘嗎？」

少年的眼眸烏沉沉如點漆，那一瞬間彷若是有什麼濕潤的痕跡劃過，可隨著輕輕一眨眼，又隱匿無蹤。

她覺得自己心房裡酸酸地發脹。

卻偏要彎唇去笑，帶著幾分執拗的明媚，不染陰霾地道：「遊俠的劍才需鞘，將軍的劍卻不用。便是哪一日要出遠門，它藏在鞘中也不會太久，鞘該是要收劍的人自己配的。」

遊俠的劍才需鞘。

將軍的劍卻是要上戰場的。

年少的人總是鋒芒畢露，待其長大成熟，便如利劍收入鞘中，變得不再逼人，有一種被世事打磨過後的圓熟。可這種打磨，她多希望不是來自這種跌宕命運的強加，而是源於少年最本真的內心！

是以，只贈劍，不贈鞘！

燕臨伸手便握住了劍柄，手腕輕輕一轉，長劍便已在掌中。

不再是他往日一看便是勛貴子弟所用之劍。

此劍鋒利，冷冽。

甚至猙獰。

光映秋水，卻是無比地契合了他心內深處最隱祕的一片肅殺。

延平王一看便忍不住拍手，讚道：「好劍！」

沈芷衣跟著起哄，好奇起來：「叫青鋒來，跟你比比，試試劍吧！」

燕臨便無奈地一笑。

但此刻距離冠禮舉行還有好一會兒，也的確是無事，便一擺手叫青鋒去取一柄劍來，與自己一試，眉目間的灑然，依稀還是舊日模樣。

姜雪寧站在臺階前看著，有些出神。

燕臨卻回首望向她，道：「這樣的生辰賀禮，我很喜歡。」

姜雪寧卻笑不出來：「就怕沒趕上呢。」

燕臨沖她笑起來，眉眼裡都暈開柔和的光芒來，異常篤定地道：「不會的。天下誰都可能會錯過，可我知道，妳一定會來。」

即便將來，也許我不能娶妳……

即便往後，勇毅侯府一朝覆滅。

相信他要等的寧寧一定會來，便像是相信烈烈旭日都從東方升起，滾滾江河都向滄海匯聚一樣，是那樣理所應當，毫無懷疑。

這一刻，姜雪寧真的差一點就哭出來了。

站在她眼前的少年，永遠都不會知道，的的確確是曾存在過那樣一種他以為不可能的可能的——

那就是她沒有來。

燕臨這樣堅定地相信無論如何她都會來到他的冠禮，相信自己可以等到，可上一世不管是耽擱，還是抄家，她就是沒有趕到，到了也沒能進去。

也許正是因為篤信，所以才會有那樣深切的失望。

而且，她不僅沒趕到，還帶給了這個少年更深的絕望。

上一世，她可真是個很不好、很不好的人啊。

宮中眾多伴讀基本是一道來的，只是其他人畢竟不同於樂陽長公主，也不同於姜雪寧，沈芷衣能拉著人直接問了方向便往裡面跑，她們卻不敢。

在門口遞了帖子，眾人才進去。

姚惜垂著頭跟在蕭姝與陳淑儀後面，只用一種格外冷漠的目光打量著這一座底蘊深厚的勇毅侯府，正要一同入廳時，卻聽見身後傳來了聲音。

是有人將帖子遞到了管家的手裡，輕輕道了一聲：「張遮。」

儘管只在慈寧宮中聽過那麼一回，可那清冷淺淡近乎沒有起伏的聲音卻跟刻進了姚惜的耳朵裡一樣，讓她立刻就辨認了出來。

這是在遞帖時自報家門。

姚惜的腳步頓時一停，霍然回首望去——

張遮剛上了臺階，立在門廳外，遞過了帖。

眼簾搭著，眉目寡淡。

今日沒有穿官服，只一身素淨簡單的藏青細布圓領袍，既無華服，也無贅飾，與周遭同來之賓客站在一起，似乎並不很顯然，有一種很難為旁人注意到的淡泊。

可姚惜偏偏一眼就看見了他。

張遮卻沒注意到旁人，更未往姚惜這個方向看上一眼，便同他身邊少數幾個同來的刑部官員一道向另一側廳堂走去。

姚惜忽然覺得恨極了。

她站在那裡，久久地不挪動一步，直到看著張遮的身影消失在菱花窗扇的隔擋之後，才緊握了手指，強將胸中那一股波濤洶湧的情緒壓下，往前走去。

只是她心不在焉，雖往前走，卻沒往前看。

蕭姝她們早走到前面去了，迎面卻有一名身著飛魚服的男子從裡面走出來，姚惜這一轉身，竟險些與這人撞上！

「啊！」

她猝不及防，嚇了一跳，立時退了一步，低低驚呼出聲。

待得看見眼前竟是名男子，生得高大魁梧，便下意識皺了眉，道：「走路都不看一下的嗎？」

周寅之可以說是錦衣衛裡少數幾個敢來參加冠禮的人之一，且千戶之位在朝中也算不上低了。

卻沒想走著路，差點被這姑娘撞上。

這倒也罷了，小事一樁，卻沒想走路不看路的那個反而說他不看路。

他是喜怒不形於色的，當下臉色也沒變，情知這時候還敢來勇毅侯府的，非富即貴，且背後都有一定的依仗，所以只向姚惜一躬身，道：「無心之失，衝撞姑娘了。」

姚惜也看出他是錦衣衛。

可她父親乃是六部尚書，內閣學士，太子太傅，豈會將這小小的千戶看在眼中？

見對方道歉，也沒什麼表示。

她一姑娘家，在這種場合撞著男子，心思難免細敏一些，也不說話，一甩袖子，徑直往前面蕭姝她們去的方向走了。

周寅之卻是回頭看了她一眼，問身旁同僚：「那是誰家小姐？」

那同僚道：「姚太傅家的。」

說完又忽然「咦」了一聲，擠眉弄眼地笑起來：「千戶大人也感興趣？」

周寅之隨意地扯了扯唇角，只道：「隨口問問。」

不過是對這姑娘剛才轉過身那一瞬間眼底所深藏著的仇恨與怨毒，有一點好奇罷了。

情緒太強烈的人，都容易被利用。

何況是這樣真切又明顯的仇恨？

周寅之不再多問，轉身也向先前張遮去的那個方向走去。

謝危來得卻不算早。

今日不上朝，他的府邸就在隔壁，既不搭乘馬車，也不用人抬轎子，只帶了劍書，款步出門，不一會兒便到了勇毅侯府門口。

管家遠遠見著他便立刻躬身來迎。

早在勇毅侯府還沒出事的時候，侯爺在朝野之中多番尋覓，思考著要請誰為燕臨取字，沒想到偶然一日下朝與謝危同行，略聊了幾句還算投契，一問，謝危竟然願意，自然大喜。

於是就定下了請謝危取字。

可以說今日來的眾多賓客中，最重要的便是這一位，管家幾乎是親自引了他入內，笑著道：「謝少師可算是來了，侯爺專門交代過，您今日若來了便先請到他堂內坐上一坐。」

謝危穿了一身雪白的衣裳，雲紋作底，渺然出塵。

步上臺階時，儼然九天上謫仙人。

他望了管家一眼，隨同他走入府中，望兩旁亭臺樓閣，卻有一種如置夢境般的恍惚，只問：「聽聞侯爺這些日來病了，可好些了嗎？」

管家便嘆了口氣，苦笑：「這光景哪兒能好得起來呢？前不久還同世子爺喝酒，勸不聽。不過禁府這些日來啊，脫去俗務，倒難得有空常與世子爺在一塊兒，病雖沒好全，心情卻舒暢不少。」

「是麼……」

謝危眨了眨眼，呢喃一般道：「那也好。」

勇毅侯燕牧住在承慶堂，正好在慶餘堂後面。去承慶堂便會路過慶餘堂。

一路假山盆景，廊腰縵迴，看得出是一座已經上了年頭的府邸，不過雕梁畫棟許多都有了新的修飾，府中草木與二十多年前截然不同。

謝危走在這裡，竟覺很是陌生。

慶餘堂臨水，水裡還有錦鯉游動，靠近走廊這頭，則栽著一棵高高的櫻桃樹。

大冬天樹葉早已掉完了。

不過它生得極高，幾乎越過了房頂去，有些枝條甚至都穿到走廊的頂上，站在下方看時，高而蕭疏的樹影支稜在灰白的天幕下，彷彿能使人想見它在炎夏時的青綠。

謝危望著，有些收不回目光。

管家見了只當他是有些疑惑偌大一個勇毅侯府怎能容忍這一棵樹長成這樣，只笑起來道：「您別見怪，這櫻桃樹是侯爺當年為表少爺親手栽下的，長了二十多年了……」

說到這裡他頓了頓，神情不大自然起來。

大約是猜謝危不知道他說的是誰，補了半句道：「就是當年蕭燕聯姻，定非小世子……」

謝危擱在身前的手指慢慢地壓緊了，彷彿這樣能將內裡忽然洶湧的一些東西也壓下去一般，慢慢道：「原來如此。」

說話間已到了慶餘堂前。

一干少年人皆聚在此處，剛看完燕臨同青鋒試劍，都齊聲道好鼓起掌來，乍一回頭看見謝危都嚇了一跳，紛紛停下來轉身行禮：「見過謝先生！」

燕臨望著謝危，目光深深，沒有說話。

姜雪寧雖知道謝危算燕臨的先生，要為他取字，也沒想到會在這府邸深處遇到他，怔忡了片刻，才與旁人一道行禮。

這便慢了半拍。

謝危注意到了，但並未說什麼，只道：「不必多禮。」

他眸光一轉，便看見了燕臨手中提著的長劍，開口要說些什麼。

可沒想到，前方那櫻桃樹背後竟傳來「喵」地一聲叫喚。

一隻雪白皮毛上綴著黃色斑點的花貓追著什麼飛蟲，異常敏捷地從樹後竄了出，竟往謝危所立之處奔來。

他瞳孔一縮，身體驟然緊繃。

眾人都被吸引了目光。

姜雪寧卻是心頭猛地一跳，眼看這小花貓從她腳邊經過就要竄到謝危近前，都未來得及深想，下意識便一彎身，連忙伸出手去，將這只貓截住，抱了起來！

小花貓落進她懷裡，便再沒法往前了。

牠有些驚慌地揮動爪子，喵嗚叫喚。

眾人的目光一下都轉落到了她的身上，有些驚訝於她忽然的舉動。

姜雪寧卻是一口氣在喉嚨口差點沒提上來，悄悄看了站在原處僵硬著身子偏沒挪動半步的謝危一眼，只似無意一般抬起手來輕輕撫摸那小花貓，寬大的袖袍便順勢將那貓兒遮了大半。

她心跳還很快。

謝危無聲地望了她一眼。

她卻只緊緊地抱著那小貓，怕牠再竄出去，面上則若無其事地向眾人一笑，道：「沒想到侯府也養小貓，真是討人喜歡。」

第九十章　二十年劫波盡

小姑娘愛貓，實在是再正常不過的事情。

燕臨瞧見，不由看著她笑。

眾人的目光都被姜雪寧吸引，倒是幾乎沒有人注意到方才謝危那一瞬間的僵硬，待重新轉過目光時，謝危整個人已經毫無破綻。

沈芷衣好奇地看了看謝危：「謝先生是要去承慶堂嗎？」

謝危沒說話。

管家向沈芷衣躬身行禮，笑起來解釋：「正是呢，難得謝少師這樣的貴客到訪，侯爺特請少師大人過去說話。」

這倒難怪。

朝野上都知道謝危這人好相處，但甚少聽聞他同誰過從甚密，關係很好。從來都是旁人想要巴結他，登門拜訪，還沒有聽說他主動造訪誰的。

因知一會兒便要行加冠禮，眾人都不敢多言耽擱他的時間。

當然，謝危原是他們先生，本也沒有太多的話好說。

是以寒暄過幾句後，管家便引著謝危，從回廊上走過，繞至後方的垂花門，往承慶堂方向去了。

眼見他身影遠去，姜雪寧才終於鬆了一口氣。

心裡鬆下來，手上的力道便也鬆了。

那不安的小花貓逮著機會，立時便兩腿一蹬，從她懷裡竄了出去，「喵」地叫喚一聲，一溜煙地跳上欄杆，消失在水邊堆疊的假山之中。

直到這時，她才感覺到有細細的刺痛之感，從手腕上傳來。

垂眸一看，腕上不知何時竟劃下了一道血痕。

一看就知道該是抱貓時候被牠撲騰的爪子抓傷的。

只是剛才她心神太過集中，注意力完全不在這上面，是以竟沒有任何感覺，直到這時候精神鬆懈下來，才覺出痛。

沈芷衣還看著謝危消失的方向，忍不住用胳膊捅了捅燕臨，調侃起來：「滿京城勛貴子弟，往後就屬你燕臨面子最大了，竟能請得謝先生來為你取字，可不知要羨煞多少人了。」

燕臨也這時才收回目光。

他微微垂了垂眼簾，道：「多半都是看在父親的面子上吧。」

延平王卻不管這麼多，竟在一旁起哄，道：「不管不管，總歸是好事一件。眼看著還要個把時辰才舉行冠禮，今日大家來都是客，燕臨你是主，主隨客便。我們好不容易來一趟，你可得招待招待我們吧？」

燕臨笑看他：「你想幹什麼？」

延平王年歲還不大，朝左右看了看，像是怕被誰發現似的，才眨了眨眼道：「有酒麼？」

眾人聽見便一齊笑起來。

雖然是延平王提議，不過眾人還真少有這樣能聚在一起的時候，連沈芷衣都跟著贊同。

燕臨便也拿他們沒辦法，只好叫青鋒與下人們取了些酒來擺在那櫻桃樹下，同眾人坐下來玩鬧飲酒。

管家在承慶堂前停下腳步，只往前輕輕叩門：「侯爺，謝少師到了。」

裡頭傳來咳嗽聲，倒像是起身有些急切所至，有些蒼老的聲音裡更暗藏著些旁人無法揣度的情緒：「快快請進。」

於是管家這才推了門。

謝危在這門前佇立片刻，才走了進去。

冬日天光本來便不如夏日明亮。屋內的窗戶掩了大半，也未點燈，是以顯得有些昏暗。

空氣裡浮著隱約苦澀的藥味兒。

那金鉤掛著簾帳的床榻上，勇毅侯燕牧短短這段時間已添上許多老態，兩鬢染上少許霜白，一雙目光卻已經鋒利如電，一下便落到了那從外間走入的人身上。

一身的克制，滿是淵渟岳峙之氣，沉穩之餘又帶有幾分厚重。

高山滄海，行吟采薇，像聖人，也像隱士。

長眉淡漠，兩目深靜。

燕牧仔細地盯著他的五官，似乎想要從這並不熟悉的輪廓中窺見幾分熟悉的影子來，可無論他怎麼搜尋自己的記憶，時間已經過去了二十年。

當年再清晰的臉龐，都被歲月侵蝕。

何況那只是個六七歲的小孩子，要從一名已然成熟的青年的臉上找到昔年的輪廓，也實在有些天方夜譚。並非人人長大，都還是幼時的模樣。

只不過是，人心裡覺得像時，怎麼看怎麼像罷了。

燕牧又咳嗽了兩聲，輕輕一擺手：「謝少師請坐，燕某有病在身，這些日也不得出門，慢待了先生，還請見諒。先生肯來，真令敝府蓬華生輝。」

謝危默然坐在了旁邊的錦凳上。

燕牧道：「犬子頑劣，多蒙聖上恩典，被選召入宮進學文淵閣，聽說多得先生照拂。他沒給先生添麻煩吧？」

謝危道：「世子並不頑劣，甚是懂事，於文淵閣中進學時也少有令人操心的時候。侯爺家學淵源深厚，管教也甚為嚴厲，晚輩……才疏學淺，不過略加約束一二罷了。」

晚輩。

按年紀算，謝危確是算是晚輩。可朝堂上做官，便是蕭家都要給他三分薄面，也從未聽聞他在定國公蕭遠面前自稱過「晚輩」。

燕牧的心緊了幾分。

可過後卻湧出幾分蒼涼來，嘆道：「謝先生若是才疏學淺，這天下恐無飽學之士了。您看著燕臨這打鬧翻玩的頑劣模樣都覺得好，那該是沒見過真正乖巧的孩子。以前燕臨是有位表兄的，讀書學文，皆是過目成誦，聰明伶俐討人喜歡。只除了彈琴差些，可卻肯苦練。那樣小的孩子便知道吃苦，太難得。我妹妹那時常帶著他從蕭氏那邊回府來玩，我見著他呀，便想將來我那孩兒出生若也能像這樣便好。只可惜，平南王與天教逆黨叛亂，一朝重兵圍城，還沒等到燕臨出生，那孩子便沒了……」

「……」

謝危垂下眸光，輕輕放在膝上的手指卻是顫了一顫，慢慢握緊了攥成拳，才坐穩了。

燕牧眼眶便紅了起來，仰在床榻上，目光有些放空，有些滄桑的聲音裡卻藏著對艱險世道的責難與苦痛：「那樣小的孩子，六歲多還不到七歲呢。大冷的天，雪蓋下來凍到一起。他母親跌跌撞撞瘋了似的從宮裡出來，扯開那些攔著她的人，一直到了那雪堆得高高的宮門前，就用手去挖，挖不動便去奪旁邊兵士的刀劍，搶他們手裡的鐵釺，一下一下地砸著。那冰雪實在是太硬，太厚了，連著淌出來的血凍在一起，鐵釺敲上去，震得人手麻，磨破皮也浸出血來。挖出個孩子來，五六歲年紀，冰雪卻黏下了皮肉，根本看不出到底是誰。還是家裡人哭著，才把她拉了回來……」

謝危坐著一動未動，若一座雕像。

燕牧卻重看向了他，眼底含淚，聲音裡傾瀉出那壓不住的悲愴：「他才那麼大點年紀啊，連京城都沒出過。那個冬天，又是那樣地冷，也不知宮裡面點沒點燈，生沒生火，夜裡會不會有人為他蓋上被子。多狠心腸的人，才捨得將他推出去呢？若老天有眼，發了慈悲，還叫這孩子活在世上，不知該長成什麼模樣？」

謝危終於慢慢地閉上了眼，喉結一陣湧動，過了很久很久，才像是把什麼強壓下去了似的，重新睜開眼。他想朝著燕牧笑上一笑。

然而唇角太沉，太重，彎不起來，只能木然著一張臉，低低道：「吉人有天相，既是上蒼垂憐，便該叫他劫波歷盡，琢磨成器。」

「好，好……」

燕牧竟是笑了起來，儘管笑出了淚，卻是覺著這二十年來積鬱之氣，盡從胸臆中噴湧而出，化作滿腔豪情升起萬丈！

「該是歷盡劫波，該是琢磨成器！」

他妹妹當年一怒之下和離回了家，卻始終不願相信那孩子葬身於三百義童塚內，含痛忍辱，多方找尋。只可惜天下之大，杳無音信，不過也是個小小的孩童罷了，便是再聰慧，又怎能逃過那圍城的劫數？

終究是找不到。

所有人都覺得不過是為人母者不相信孩子去了罷了，直到大半年前，竟有平南王餘黨在被他們的人抓住時聲稱，當年他們與天教屠戮京城時，定非世子並不在那三百義童之中，而是被天教的教首帶走了。

燕牧不敢去想，若這些人說的是真，那出身兩大高門、身具貴胄血脈的孩子，落入那等凶殘狠毒的亂黨手中，過的該是怎樣的日子，又經歷了多少人所不知的苦痛……

只要一想，便覺五內如焚，不得安定！

此刻他只向著眼前這名青年顫顫地伸出手去。

謝危起身來，走到他塌邊，伸出手時，便被燕牧緊緊地攥住了，那力道之大，竟握得人生疼。

再抬眸，對上的卻是燕牧一雙睜大的滿布著血絲的眼！

那裡面充斥著的是滔天的仇、潑天的恨！

末了又化作深濃的悲哀。

他沙啞著嗓音，望著他：「您來時，那慶餘堂前，該有一棵櫻桃樹，栽了有二十二、三年了。當年剛栽上還結果不多，那孩子啊便坐在屋簷下的臺階上看書，也看看樹，一日日盼著那櫻桃熟透。如今長得高了，茂了，一到了夏天，一片片綠葉底下，都掛著紅果。來年夏至，謝先生不妨來摘了嘗嘗，比許多年前，甜上許多……」

謝危喉間已然哽住，許久後，才低到要聽不見了似的，道一聲：「好。」

燕牧說完了話，便有些累了。

他不曾問，假若那孩子還活著，還在這世間，為何不早早來與親人相認。

謝危從屋內退了出去。

廊上的天光太亮了，刺入他眼底，也扎進他心底，胸膛裡一片火灼似的痛，讓他忍不住抬了手用力地將心口壓住，腳下踉蹌了兩步，一手扶住了廊柱，指甲都陷進柱面留下痕跡，才撐著沒有倒下。

眉頭緊蹙，一張臉發白。

門旁不遠處的管家嚇了一跳，連忙走過來要扶他。

謝危卻自己站穩了。

管家駭住，擔憂得很：「您沒事吧？」

謝危慢慢地鬆了手，眸底分明戾氣沖湧，可卻在這一刻深深地壓進了那重疊的面具裡，再抬眸時又平靜如許，只是靜到極處，便如死水無瀾：「不打緊，只是有些體寒心悸的毛病罷了。」

第九十一章 試劍

慶餘堂前，眾人已經擺上了酒，一面行酒令一面喝。

姜雪寧酒量著實一般，也被沈芷衣扭著喝了一點。

她一沾酒，面頰上便染了薄紅，煞是好看。

沈芷衣便忍不住拍了一下手，指著她問眾人：「看，寧寧好看不好看？」

在場有許多都是燕臨的朋友，俱是少年心性。

方才是礙著男女有別不好朝姑娘們那邊看，可這時沈芷衣一問，包括延平王在內的許多少年人都悄悄抬起眼來朝她看，一時有那情竇未開面皮也薄的便看紅了臉。

唯有燕臨看得坦然而認真，彎著唇笑：「好看。」

姜雪寧無言。

她原本是沾了酒才臉紅，眼下薄紅的面頰卻是因為這簡單的兩個字又紅了幾分，變作緋紅，越發有幾分惹人注目的明媚嬌豔。

眾人又是笑，又是鬧，酒一喝起來，話一說起來，彷彿什麼都忘了，連煩惱都拋之於腦後。

蕭姝等人耽擱片刻到來時，所見便是這般場面。

人在廊下，她的腳步停下，走在她身後的其他伴讀與另一名華服少年也跟著停下腳步。

沈芷衣剛舉起酒杯要叫延平王喝，一抬頭看見廊下來了人，先是一怔，接著便笑起來：「阿姝妳們也來了。誒，這不是蕭燁嗎？竟然也來了。」

站在蕭姝身後的那名少年，下頷抬得有些高。

聽見沈芷衣直呼他名姓，嘴唇便抿了幾分，可礙於對方身分頗高乃是公主，又不好發作，只能勉強笑了笑，道：「蕭燁見過長公主殿下。」

蕭燁。

姜雪寧聽見這名字便轉頭去看。

那少年十八、九歲年紀，眉眼與蕭姝像極了，穿在身上的是昂貴的天水藍錦雲緞，腰間更是掛了許多香囊玉佩，還佩了柄劍鞘上鑲滿寶石的長劍。雖然在同人打招呼，卻並未看旁人一眼，神情間頗有幾分倨傲。

這便是蕭氏一族現在的嫡子了。

定國公的續弦所出，蕭姝一母同胞的弟弟，據傳當年乃是龍鳳胎，很惹得京中讚嘆，若不出什麼意外的話，很快便能被封為定國公世子，承繼偌大的蕭氏一族。

身分如此貴重，也難怪倨傲一些。

只不過……

等過兩年蕭定非出現，他還要能倨傲得起來、笑得出來，那才算是真本事呢。

姜雪寧收回了目光。

沈芷衣招了招手道：「我們正在行酒令喝酒呢，你們也一起來。」

蕭姝斂身一禮：「恭敬不如從命。」

燕臨靜靜地看著，不出聲也不反對。

蕭燁走過來時，大大咧咧地坐下了，然後掃了桌上一眼，輕輕撇了撇嘴，道：「喝的是什麼酒呀？」

延平王傻乎乎地回：「陳年的杏花釀。」

蕭燁搖頭：「這有什麼好喝的。」

眾人都看向他。

他今日來還帶了一把描金的摺扇，抬起來便敲了敲桌，道：「早知你們都來得這樣早，要在這裡喝酒，我便把我們家的紫金壇帶來給你們，是江南一干人送來的，酒中第一。」

燕臨笑笑沒有說話。

蕭姝眉頭一皺，看了蕭燁一眼。

蕭燁便一摸鼻子，似乎反應過來什麼了，但眼神中依舊透著些不以為然，端起放在自己面前的那一盞酒來，便道：「當然了，杏花釀也不錯，老酒，好酒，將就也能喝喝。」

眾人原本都喝得很高興，聽了他這話卻是覺得大倒胃口。在座的哪個不是勛貴子弟？

便是蕭氏一族顯赫，高出旁人，可誰家能沒幾罎子好酒？若非礙著今日乃是燕臨冠禮，只怕立時便拂袖走了，都懶得搭理他。

到底還是延平王老好人，看氣氛忽然不大對，連忙出來打圓場，端了一杯酒便站起來，向燕臨高舉，道：「今日是燕臨生辰，大家可好不容易能聚在一起，不如大家便一起敬他一杯，為他賀生辰，怎麼樣？」

沈芷衣當即道一聲：「好！」

眾人當然也無異議，齊齊站起來端酒，向燕臨高舉。

一個道：「我祝燕世子福如東海……」

燕臨笑：「去你的。」

一個忙把前一個推開，道：「我來我來，當然是要如月之恆，如日之升，如……」

燕臨嘆氣：「俗。」

輪到蕭姝，她略一沉吟，舉杯注視著燕臨道：「我也俗，便祝願燕世子年年有今日，歲歲有今朝。」

年年有今日，歲歲有今朝。

落在旁人耳中，這是祝願燕臨長命百歲。

然而落在姜雪寧耳中卻變得格外刺耳，聽見蕭姝說出這幾個字的瞬間，她面色便陡地一變，目光忽然變得鋒利了一些，向蕭姝望去。

蕭姝嘴角噙著淡笑，彷彿的確是出於真誠說出的這番話。

她竟無法判斷，她是無心，還是有意。

燕臨便坐在姜雪寧的對面，聞言也抬起頭來看了蕭姝一眼，倒是面不改色，顯出了一種超乎他年齡的沉穩，甚至還道了聲謝：「能得蕭大姑娘一句祝賀，燕臨該記上很久的。」

蕭姝道：「客氣了。」

燕臨轉頭看向姜雪寧，方才那平淡的目光便柔和了許多，道：「妳呢，祝我什麼呢？」

姜雪寧沒想到燕臨會主動叫她，心裡還想著在場的人這麼多，也不至於每個人都說上一句，自己同眾人一道，混過去也就是了。

這一下被燕臨一點，所有人都看向了她。她張了張嘴，腦袋裡竟是一片空白。

燕臨看她纖細的手指端著酒杯愣在當場，一副不知道要說什麼的模樣，不由莞爾，便伸出手去主動用自己的酒杯與她的酒杯輕輕碰了一下，道：「妳想不出話來，那便換我來祝妳吧。」

姜雪寧怔怔望著他。

那少年注視著她，十分認真地道：「願爾明月長隨，清風常伴，百憂到心盡開解，萬難加身皆辟易。」

言罷徑直仰首飲盡盞中之酒。

眾人便齊聲喝起采，一道都將杯中酒喝了。

姜雪寧慢了片刻。

等到燕臨放下酒盞來看著她，她才覺著一顆心都被今日醇烈的酒液浸著酸脹極了，也仰首把盞中酒乾了，一雙眼眸都被染得水光瀲灩，明亮動人。

今日燕臨是主，眾人話都圍著燕臨說，酒都陪著燕臨喝。

出身定國公府的蕭燁自問身分地位都不比燕臨低，可自坐下來之後卻沒誰搭理，於是越坐越覺得氣悶，索性把酒盞一放，站起來在這慶餘堂的院子裡四處打量。

先前姜雪寧送給燕臨的那藏著劍的劍匣擱在旁邊。

他走過去便看見了，好奇之下拿起劍來，舉在天光下看了看，不由搖頭：「這劍看上去也太簡單，太沉手了吧？人都言劍走輕靈，怎麼這樣的劍也出現在侯府？」

正在同人說話的燕臨一回頭，眸光便冷了冷。

連沈芷衣都緊皺了眉頭。

燕臨走過去，只道：「有的劍走輕靈，有的劍走厚重，劍不同，道不同，還請蕭公子將此劍還給我吧。」

然後便從蕭燁手中把劍拿了過來。

蕭燁聽著他言語平靜，卻完全沒感覺出這人把自己放在眼底，且他從來是錦衣玉食，被人捧著長大的，自來不知什麼是收斂，陡地冷笑了一聲：「本公子的劍乃是京中著名的劍士柳燮先生所傳授，燕世子這話的意思，是他說得不對？」

遊俠的劍與將軍的劍，不是一種劍。

但燕臨也不想同他解釋，只道：「你說對便對吧。」

他不這般還好，越這般，蕭燁越發覺得他輕慢，原本就壓著的傲慢和不滿頓時發作出來，眼看著燕臨持著劍彎身便要將劍重新放回匣中，竟直接手往自己腰間一按，立刻拔了自己身上所佩的寶劍！

輕靈的劍身一晃，便壓在燕臨劍上！

他笑：「何必這麼著急藏劍於匣？聽說燕世子的劍術乃是燕侯爺手把手教的，柳燮先生也對侯爺的劍多有讚譽，今日適逢其會，燕世子新得一劍，不知可否討教？」

蕭燁這柄劍是雪似的劍，長，窄，甚至有些軟。

燕臨這柄劍卻是三指寬，隕鐵鑄成劍刃，有三分烏青的光華。

他還保持著先前要將劍放回劍匣的姿態，低垂著頭，目光也下落，輕而易舉便看見了自己那映照在蕭燁雪亮劍身上的眼眸。

慍怒，肅殺，冷寒。

於是眉頭輕輕一動，手腕一抖，燕臨連臉上神情都沒變，便抬了劍一震，竟直接將蕭燁所持之劍震得倒轉而回，險些從他手中飛出！

蕭燁猝不及防，大吃了一驚。

燕臨卻倒持著長劍，劍尖斜斜指地，方才姜雪寧雙手托著都覺得吃力的長劍，被他提著竟不覺有什麼重量，意態自然，笑道：「『討教』不敢當，蕭公子既有心試劍，比一比亦是無傷大雅的。」

蕭燁的面色立刻陰沉了下來。

他自負從名師習劍，實在不將燕臨這種跟著大老粗學劍的人看在眼底，又眼見樂陽長公主並京中勛貴子弟都在，有心要一逞本事，讓眾人都刮目相看，是以想也不想便大叫了一聲：「好！看劍！」

話音落時人已隨劍而上。

眾人都沒想到他們說比就比，嚇了一跳。

姜雪寧也一下從座中起身。

反倒是沈芷衣興奮起來：「呀，這下好玩了！」

燕臨腳下沒動，只一垂眸，側身一避，便讓開了這一劍。長劍貼著他肩膀擦過去。

蕭燁眉頭一皺便想回劍再打，可燕臨重劍在手倏爾倒轉，那沉重的劍身便劃過個弧線打在蕭燁劍身之上。一時竟有火花四濺之感，劍身巨震之下，蕭燁險些便沒握住劍，忙回身抽劍才得以穩住。

甫一交手便吃一虧，他面子上更掛不住。

牙關一咬，提起長劍來便按著師父所教，使出種種眼花繚亂的劍招來，然而燕臨不出劍則已，一出劍便往往擊中要害。

「當！」
「當！」
「當！」
……
燕臨一身深藍錦袍，衣袂都似帶著勁風，初時還給蕭燁幾分面子，也是想看看他深淺。可過了沒幾招之後便發現此人不過是花拳繡腿，學了點皮毛便自以為是，手底下遂重了起來。
一劍快似一劍，一劍重似一劍！
蕭燁但覺虎口發麻，腳底下都站不住，燕臨卻背著一隻手，閒庭信步般一劍一劍劈來。每劈來一劍，蕭燁便往後退一步，最終竟退到了那櫻桃樹下！
「錚！」
一聲尖銳的鳴響。
燕臨面無表情，手中冷硬厚重的長劍劍身直接敲在蕭燁手腕上，再一挑，那輕靈雪劍便如一道素練劃過道亮光，徑直從蕭燁手中飛出！
落下時掉在那青石砌成的臺階上，「噹啷」一聲響。
廊上觀看之眾人頓時倒吸一口涼氣。
蕭燁面上更是一陣紅一陣青。

完全沒有給他留半點面子！

燕臨自小便跟隨著父親勤學苦練，雖也是京中勛貴子弟，可放到通州、豐台兩處大營裡，也能與兵士中頂尖的好手打平，不管習武還是學劍，都傾向於實用、直接！

戰場上無法勝過敵人，死的便會是自己。

這也就導致他的劍勢看上去格外凜冽冷酷，甚至帶了幾分令人膽寒的威重！

擊落蕭燁之劍後，他手腕一轉，雙手握著劍柄，倒持長劍連神情都與最初時沒有兩樣，不帶半分變幻，只長身而立，向對方抱拳道禮：「承讓了。」

蕭燁虎口尚在發麻，咬牙道：「你！」

燕臨眉目間染上些許霜色，先前壓著的那幾分冰冷終於完全透了出來，甚至有一種京中勛貴子弟絕無的鋒利：「怎樣？」

蕭燁看他半晌，竟退了一步，冷笑一聲道：「罷了，武夫粗人，也就會這麼一點東西。」

沈芷衣當即走了下來，盯著他道：「你說什麼？」

燕臨卻沒有動怒，只是上下打量著蕭燁，竟是平淡地一笑，道：「若當年的定非世子在，恐怕不至如此廢物。」

定非世子……

京中已經少有人聽過這個名字了。

可到底事關蕭燕兩大氏族的祕辛，暗地裡終究還是有人傳的：蕭姝與蕭燁都是續弦所生，定國公的元配妻子乃是勇毅侯的妹妹、燕臨的姑母，原本要承繼蕭氏一族的則是元配嫡子定非世子，若不是定非世子在二十年前不幸罹難夭折，燕夫人和離回了勇毅侯府，哪裡輪得到續弦進門、蕭燁成長嫡？只怕連出生的機會都沒有。

燕臨這話看似平淡，威力可是不小。

眾人的目光都落到了蕭氏姐弟身上。

蕭燁哪裡想到燕臨毫無預兆竟然提起這話題？

他臉色一變，盛怒上來便要發作。

關鍵時刻蕭姝冷喝了一聲：「你閉嘴！」

蕭燁一窒，目中恨恨，可終究沒敢說話了。

蕭姝卻走出來，倒還能保持些許鎮定，只是臉色也不大好看了，向燕臨行了一禮，道：「舍弟莽撞，言語不慎，惹得燕世子不快，蕭姝在這裡為他賠禮道歉了。聽聞定非兄長天資聰穎，慧敏過人，然而此事已經過去近二十年，家父未嘗不嗟嘆傷懷。斯人已去，舊事難追，燕世子今日何必提起，如此咄咄逼人呢？」

燕臨看向了蕭姝，只走到那欄杆前，將方才那凌厲冰冷的長劍穩穩地放入劍匣之中，淡淡道：「是啊，到底斯人已去，舊事難追。這樣一個人若僥倖還活著，該是多可怕一件事，又該有多少人為之提心吊膽、夜中難眠啊。」

第九十二章　冠禮有雨

這話裡藏著一點凶險的感覺。

蕭姝與燕臨對視。

眾人莫名聽得心驚肉跳，但又很難參透這當中有什麼不為人知的因由，因而只看著他們。

還好這時後面傳來了管家的聲音，是在對著另一人說話：「冠禮定在午時初，在前廳宴客，現在許多賓客都到了，少師大人這時去剛好。」

謝危從承慶堂回來了。

他的身影從門後轉上來，臉色比起去時似乎蒼白了些許，回到走廊上時抬頭便看見眾人，只問了一句：「還不去前廳？」

燕臨便合上劍匣，向謝危拱手道：「這便去。」

謝危的目光從眾人身上掃過，在看見蕭姝時未見如何，瞧見蕭燁時卻是停了一停，這才隨著管家徑直從廊上先往前廳去。

先前瀰漫在慶餘堂外面那劍拔弩張的氛圍，消弭了不少。

延平王立刻趁機笑起來，道：「這大好的日子，大家火氣何必這麼大呢？都是小事，小事，走走走，到前廳去了，可不敢讓謝先生和那麼多賓客等久了。」

蕭燁便重重哼了一聲，冷笑轉身。

蕭姝雖然面有不虞之色，但似乎也沒深究的意思，只向著燕臨看似禮貌的斂身一禮，也與蕭燁一道去了。

有延平王嬉笑著緩和氣氛，加上蕭氏姐弟走了，眾人也終於放鬆下來，紛紛往前廳去。

燕臨落在最後，姜雪寧走在前面。

只不過眼見著要離開慶餘堂的時候，他忽然壓低了聲音喚了一聲：「寧寧。」

姜雪寧身子微微一震，腳步便停下了。

她轉過身來看著他。

少年看了前方走遠的眾人一眼，才來到她面前，沖她笑了一笑，背在身後的手掌拿出來，竟是伸手一拋，將一隻裝著什麼東西的沉甸甸的錦囊拋向了她：「給妳的。」

姜雪寧下意識地伸手接住。

前面走著的延平王忽然發現少了人，便不由回頭看，遠遠喊他：「燕臨，幹什麼呢？」

燕臨抬頭道一聲：「來了。」

低頭來重新看著姜雪寧，他嘴角彎彎，只是眼底多了一分如霧縹緲的惆悵，轉瞬即逝，輕輕道：「可惜這時節沒有雞頭米了。」

說完便先往前面走去，跟上了前方的延平王等人。

姜雪寧站在原地，輕輕打開了錦囊。

裡頭是一小袋已經剝好的炒松子。

一如往昔。

她彷彿又能看見當初那少年從姜府高高的院牆上跳下來，長腿一伸隨意地坐在她的窗前，把一小袋剝好的松子放到她面前時那眉目舒展、意氣風發的模樣。

抬頭往前看，少年的背影依舊挺拔，可比起那些日子，已經多了幾分沉重的沉穩。

姜雪寧忍不住輕輕地嘆了一聲，末了又不知為什麼會心地笑起來。

天際雲氣湧動，風乍起吹皺平湖，漣漪泛起時，水底的錦鯉吻向水面。

似乎是要下雨了。

她認真地重新將那一小袋松子繫好，然後才朝著前面走去。

水榭裡，大多數人已經走了。

外頭的天陰沉下來時，張遮的腳步卻停了一停，駐足在欄杆前，朝著外面望去。

陳瀛見著，也不由停下了腳步。

這位由刑科給事中調任到刑部來的清吏司主事，在陳瀛的印象中是一個很奇怪的人，既不熱衷於官場上那些交際往來，便是僅有的幾次同僚相聚，他也不過是來露個面便走了。

兢兢業業，卻不汲汲營營。

大多時候不說話，唯有在查案或是審訊犯人時才會口吐珠璣，可即便是說話時也顯得沉默。這樣一個人就像是平靜的海，寡淡的面容下總給人一種覆蓋著許多東西的感覺，倒不是刻意隱藏，只不過是可能並不習慣表達，也不願意吐露。

原本的刑部鄭尚書因為為勇毅侯府說話觸怒了聖上，被聖上一道聖旨勒令提前離任回老家，新的刑部尚書顧春芳已經在來京的路上，不日便將抵達京城，成為眾人新的頂頭上司。

而張遮的伯樂，正是顧春芳。

陳瀛目光微微一閃，心下一琢磨，倒覺得這是個極好的機會，於是笑一聲走到張遮的身邊來，道：「張主事還不走，是在看什麼？」

張遮回眸看了他一眼，神情間既無畏懼，也無熱絡，仍舊是清淡淡的，只是道：「要下雨了。」

陳瀛覺得莫名。

他有心想說下個雨有什麼大不了，江南梅雨時節天天下雨呢，只不過話一出口就變成了：「平日裡看著張主事寡言少語，好像挺沉悶的，倒沒想到原來還有這樣的雅興，想來是真正的內秀於心了，無怪乎當年顧大人能慧眼識才相中你，真是令人欽羨啊。」

張遮道：「下官本魯鈍之人，得蒙顧老大人不棄，當年苦心栽培才有今日，然而也不過是碌碌小官罷了，陳大人言重。」

陳瀛連忙擺手：「哪裡哪裡！」

這水榭中只剩下他二人，連聲音都顯得空曠。

陳瀛也站在他旁邊向著天外湧動的雲氣看去，只道：「鄭大人直言丟官，被聖上遣回養老，顧春芳大人不日便將到任，陳某也是久聞顧大人英名，卻因顧大人一直在外任職而無緣一見。張主事舊日供職在顧大人手下，好頗為他器重，算來算去，等顧大人回京時，可要託賴張主事為陳某引薦一二了。」

說實話，如今的刑部，人人都想跟張遮說上話。

奈何張遮是個悶葫蘆，一看就不好搭訕。

眾人有心要巴結他，或通過他知道點顧春芳的習慣，可對上張遮時總覺得頭疼萬分，暗地裡早不知把這油鹽不進、半天不說一句話的人罵過多少回了。

陳瀛這意思已經說得很明白了。

他想提前見見顧春芳，希望能有張遮這個舊日的熟人引薦，如此顧春芳即便是再剛正不阿，也不至於拒絕。

怎麼說他也是張遮的上峰，與其他人不同。

他覺得張遮便是不願應允，也不好拒絕。

可沒料到，張遮竟然平平道：「顧大人到任後我等自會見到，又何須張某引薦？陳大人抬舉，張某不敢當。」

陳瀛差點沒被噎死。

他一向掛在臉上的假笑都有點維持不住，眼皮跳了跳才勉強想出一句能把這尷尬圓過去的話來，不過抬頭正要說時，卻見前方的廊上走過來一道俏麗的身影，於是眉梢忽地一挑，倒忘了要說什麼了。

那姑娘陳瀛是見過的。

就在不久前，慈寧宮裡。

樂陽長公主沈芷衣的伴讀之一，查抄仰止齋那一回的主角兒，也是……太子太師謝危打過招呼要他保的那位！

因為那一小袋松子的耽擱，姜雪寧落在眾人後面，可又不想遲到太多，便乾脆穿了旁邊一條近道。

可沒想到，水榭這邊竟然有人。

隔得遠遠地她便看見了那道身影，心頭已是一跳，待得走近看清果然是他時，那種隱隱然的雀躍與歡喜悄然在她心底蕩開。

這時張遮也看見了她。

四目相對。

張遮輕輕搭了一下眼簾，姜雪寧卻是望著他，過會兒才轉眸看了陳瀛一眼，躬身向他二人道禮：「見過陳大人，張大人。」

她斂衽一禮時，一手輕輕擱在腰間。

雪白纖細的手腕便露出來些許。

張遮低垂的目光落在她身上，一眼便看見了那一道算不上很明顯的抓痕，帶著淡淡的血色，那交疊了被寬大袖袍蓋著的手，於是輕輕握得緊了些。

心緒有些起伏，他沒有說話。

陳瀛卻是向姜雪寧笑起來：「姜二姑娘也來了啊，可曾看到謝少師？」

張遮沒出聲，姜雪寧有些小小地失落。

可轉念一想他們現在本也不熟，張遮人前人後也的確不多話，所以很快便重新掛起了笑容，回了陳瀛道：「謝先生去看了侯爺，剛才已經往前廳去了。」

陳瀛便「哦」了一聲，堂堂一個朝廷三品命官，同姜雪寧父親一樣的官位，對著姜雪寧卻是和顏悅色，隨和得不得了，道：「多謝姜二姑娘相告了，我正琢磨著找不到謝先生呢，一會兒便與張大人同去。」

陳瀛同謝危關係很好嗎？

姜雪寧心底存了個疑影兒，又看了張遮一眼，然而這死人臉竟轉頭看著水裡的魚和風吹的波紋，她莫名覺得氣悶，便道：「那我先去了，二位大人，告辭。」

直到她走遠，張遮都忍住了沒有回頭看。

陳瀛卻是注視著她身影消失，才收回目光，眸底透出幾分興味之感，只轉頭來對張遮打趣道：「我怎麼瞧著這位嬌小姐看了你不止有一眼，到底當日慈寧宮中是你解了她的危難，也算得上是『救美』了，像是對你有點意思呢？」

張遮垂下眸光：「陳大人說笑了。」

陳瀛一聳肩，卻是想到了點別的，自語道：「也是，畢竟是謝先生張口要保的人，哪兒輪得到旁人。」

「……」

張遮心底忽然有什麼東西驟然緊了，他慢慢回過頭來看著陳瀛。

陳瀛只道：「怎麼？」

張遮微微閉了閉眼，道：「沒什麼。」

陳瀛的心思已經轉到了一會兒見著謝危說什麼話上了，倒沒留意到他此刻有些明顯的異樣，只是琢磨：「謝少師可真是個叫人看不懂的人，雖則也算同他有了些交集，可總覺著也不交不深。不過說來也很奇怪，張主事雖不與謝先生一般，可也給了陳某一種不大看得透、不大看得懂的感覺。你說你既不愛美人，旁人秦樓楚館裡逛叫你，你也不去；也不愛華服美食，成日裡獨來獨往深居簡出。實在是讓人很迷惑，陳某倒不大明白，張主事這樣的人，到底志在何處？」

「沙沙」，雨落。

水霧如一層輕紗，將湖面掩了，把樓閣遮了，頓時滿世界都安靜了，充滿了一種朦朧的美感。

張遮抬首望著。

過了許久，連陳瀛都以為他是出神了也不會回答這問題了，他才破天荒似的開了口，慢慢道：「志不高，向不遠。辨清白，奉至親，得一隅，靜觀雨。如是而已。」

第九十三章　大勇

冬日下雨，朔風吹拂。

街道上的行人本也不多，這時更加冷清下來。

京中各處坊市都少有人問津，店鋪的老闆夥計們徒然望著那天空興嘆。

只是沒過多久，那靜寂的街道盡頭竟傳來了噠噠的馬蹄聲，沉重地連成一片，更有呼喝之聲夾雜其中，不用片刻便有一名身披盔甲的、鬚髮灰白的將軍高高騎坐在馬上，率著一干騎兵自街道上迅疾地奔過，只往京城城門處禁軍駐紮之地而去。

人人看了個心驚膽寒。

待這肅殺的一隊人從這條街上離開之後，店鋪中的老闆夥計們才敢探出頭來，卻個個害怕得緊：「這又是出了什麼事啊？」

朔風越緊，天際彤雲密布。

掉下來的雨很快便變成了雪，今冬的第一場雪，終是下下來了。

有時候姜雪寧想想，上天終究還是留了幾分垂憐給她的。

至少又讓她遇到張遮。

她從水榭旁邊繞過來，很快就到了前廳。不大的細雪自天際紛紛揚揚地灑落，她見著只覺有些嘆惋：張遮最愛的是雨，如今變作雪，他該不很高興吧？

前廳裡賓客已然滿座。

她本也想直接入席。

不過走到前方遊廊拐角下的時候竟看見了姜伯游，他似乎正在同朝中的同僚說話。

今日燕臨冠禮，朝中也有一些官員冒險來了。

姜伯游自然是其中之一。

他穿著一身石青百福紋圓領袍，同另一人站在院中栽種著的那棵勁松下面，眉頭緊鎖，聽著那人說話，不由得直搖頭：「得罪了別家還好說，得罪了這位蕭二公子卻是有些難辦，這鄭家人也真是可憐。」

那人嘆息：「誰說不是呢，西市口這邊都知道鄭家人，聽說還有個兒子送去了宮裡當差，雖不算什麼豪門世家，可小老百姓日子過著也算不錯。但遇到蕭氏一族，霸人田產，逼人遷祖墳也就罷了，還想把人一家子送進牢裡，未免有些慘了。」

話剛說完他抬頭就看見了姜雪寧。

於是剩下的話都咽了回去，向著姜伯游笑著道：「侍郎大人先前念叨許久，這不，令嬡也到了。」

姜伯游轉頭就看見了姜雪寧，原本緊鎖的眉頭便展開了些許，同那名同僚拱了拱手，微有歉意，那同僚也不介意，便也向姜雪寧拱了拱手，自入廳中去了。

姜雪寧方才過來時有聽見隻字片語。

她上前同姜伯游行禮，卻沒忍住問道：「父親方才與人說話時提到的可是西市口胡同裡頭的鄭家？」

姜伯游道：「正是，怎麼，妳認識？」

他想起那鄭家確有一個人在宮裡面當差，心念一動，便多問了一句。

姜雪寧想起的卻是鄭保，因上一世鄭保乃是司禮監的掌印大太監，他住在哪裡自然是朝野上下人人都知曉的。「西市口胡同」這幾個字她還沒有忘記。

聽得姜伯游肯定，她便留了個心眼。

上一回仰止齋之圍若無鄭保，只怕還難度過，她便向姜伯游道：「這一家人多半是在坤寧宮裡伺候的一名管事太監鄭保的家人，父親或許不知，女兒查抄仰止齋那一次得以虎口脫險多賴此人隨機應變，是個仁善忠義心腸。且後來謝先生曾告訴女兒，司禮監的王新義公公有心要收他做徒弟，不日將提拔去聖上身邊伺候……」

話說到後半句時，儘管周遭沒人，可她的聲音也依舊壓下來許多，僅姜伯游能聽見。

鄭保會被王新義收為徒弟去司禮監伺候這件事，姜雪寧當然不是從謝危那邊知道的，謝危當初也不是特意要告知她這件事，可這並不妨礙她把謝危拖出來暫用。

果然，她把事情一說，姜伯游面色便微微一變。

官場上混久的人，向來是「聞弦歌而知雅意」，不需說深，便明白話後面藏著的意思。

這鄭家人開罪了蕭氏那位板上釘釘要承繼家業的蕭燁公子，其實原不是鄭家人的錯，只因蕭燁出遊京外時看中了一片山頭連著下面的地，要圈作自己的獵場，興建避暑的別府，於是把周邊的人家都趕了出去。

鄭家人祖墳與田產恰在那邊。

本以為能同蕭氏講講道理，不想告到衙門去反而引得蕭燁大怒，要反將這鄭家人送進衙門。

方才同姜伯游說話的正是順天府尹。

這麼一件事落在手上，實在是燙手山芋，是以才向姜伯游倒苦水。

眼下是多事之秋，對文武百官來說，都是多一事不如少一事，對姜伯游來說也是如此。

可若這鄭保在宮中有恩於寧丫頭，且有謝居安小友說此人大有前途，事情就不一樣了。

他擰眉深思。

末了對姜雪寧道：「此事我知曉了，妳放心。」

冠禮在即，眾人都進去了。

姜伯游便道：「妳是同長公主殿下一道來的吧？走吧，我們也快進去。」

姜雪寧心知姜伯游該是有了主意，但也不多問，只道一聲「是」，接著便跟著姜伯游入了廳中。

即便勇毅侯府已經不是全盛之時，這廳堂中也坐滿了盛服的賓客，往裡面一眼便可看見坐在主賓位置上的謝危，他旁邊坐的便是今日會為燕臨加冠的贊者。

姜雪寧匆匆看了一眼，小半部分都是熟面孔。

上一世許多原本與勇毅侯府關係還算親厚的世家，收到侯府請帖後未至，後來燕臨還朝，謝危謀反，這些家族要麼被一併清算鏟滅，要麼退出紛爭散到權力邊緣。而不顧這風雨飄搖情形依舊趕赴侯府來賀燕臨冠禮的人，大多數人都成了新一屆權力的核心，就算有少數一些人食君之祿、忠君之事，譴責起燕臨協助謝危謀反來，也都沒有引來什麼報復，即便沒撈著什麼大官，好歹也算安然無恙。

世間事有時候就是這般弄人：有時候想要避禍，卻不知避禍才會引來真禍；有時候想要得到，卻不知得到就是更深的失去。

沈芷衣等人到了之後左右看都沒瞧見姜雪寧，還有些著急，一看見她進來便連忙招手：「寧寧，這邊。」

姜雪寧便走了過去。

大乾朝男女大防雖然沒有那麼嚴重，可一般男子冠禮除長輩外基本都是沒有女賓來看的。但樂陽長公主沈芷衣畢竟身分尊貴，且與燕臨算得上一同長大的好友，自然能夠列席廳中，且位置還很靠前。

宮中這些伴讀都沾了她的光，位置在附近。

姜雪寧更是被沈芷衣一拉，直接坐在了她的身邊。

有人輕輕敲了敲廳裡面一座小小的銅鐘，周遭便立刻安靜了下來。

眾人的目光一時都聚集到了堂上。

穿上一身厚重華服的勇毅侯燕牧，在老管家的攙扶下，從後堂走了出來。眾人一見連忙行禮，燕牧面上雖有病色，可今日這樣喜慶的日子裡也不由得打起了精神，很有幾分年輕時叱吒的氣魄，還禮後甚至還笑了起來。

「承蒙諸位來賓看得起，大駕光臨，我侯府實在蓬蓽生輝。」他的目光落在這堂中黑壓壓的一片人身上，鋒利的眼眸中卻有幾分老懷快慰的感動。「燕牧四十五載徒然奔忙，走沙場，赴輪台，不想年紀稍大些卻是老病纏身，叫大家笑話了。今日風寒雪冷，諸位卻能不棄，給足了我這半老頭子的體面，也給足了犬子體面，我燕牧定永記於心，在此謝過！」

說罷他竟長身一揖。

說的是今日「風寒雪冷」，未提眼下朝局與侯府所面臨的困苦半句，可眾人偏都輕而易舉地聽出了那言下之意。

想勇毅侯府一門忠烈，燕牧少壯之年亦曾領兵作戰，驅逐韃虜，如今卻被聖上下令，重兵圍府猶未去，刀劍懸頸命不知，實在令人唏噓。

如此大禮，眾人如何當得起？

一時都忙道「侯爺言重」「侯爺不可」，又以深揖之禮還之。

冠禮這才正式開始。

整座前廳被布置得與祠堂宗廟差不多。

燕臨身上穿的乃是簇新的素色交衽長袍，依著古禮自廳外走入，先叩天地，再祭宗廟，後拜父母，由贊者出席禱讀祝辭，方行加冠之禮。

士族三加。

燕臨張開了自己的雙手，任由那顯得厚重的玄色深衣披上了自己的肩膀，沉沉地將他籠罩，寬長的革帶也經由贊者的手從他腰間穿過緊束，一塊刻著如意紋的圓形玉佩系在革帶之上，低垂下來壓住衣襬。

他躬身再拜。

贊者便高呼一聲：「三加加冠，請大賓！」

行冠禮，最重要的便是加冠。

冠禮中的主賓也稱「大賓」，往往是德高望重之人，既要親自為受冠者加冠，也要為受冠者取字。

贊者聲音一出，所有人的目光便都落到謝危身上。

按禮，大賓當盛服。

可今日的謝危非但沒有盛服，甚至於只穿了一身雪白的長袍，外頭罩著一件白鶴雲紋的氅衣，寬袍大袖，卓有飄然逸世之態，與今日盛禮、與眾人盛服，頗有一點格格不入之處。

然而主人家竟不置一詞。

燕牧也向謝危看去。

謝危就這般沉默地看了許久，此刻終於一低眸，輕輕起了身，走上前來。

燕臨抬眸望著他，側轉身向他而立。

府中下人遞過了端端放著頭冠的漆盤，由贊者奉了，垂首侍立在謝危身畔。

那一隻束髮之冠，乃以白玉雕琢而成，長有三寸，高則寸半，冠頂向後卷起，六道梁壓縫，靜靜置在漆盤中，天光一照，古樸剔透，有上古遺風。

一對簡單的木簪則置於冠旁。

金冠多配玉簪，玉冠則多配木簪，前者富貴奢華，後者卻顯出幾分清遠。

勇毅侯府家訓如何，可見一斑。

謝危道：「冠者，禮之始也。而成人者，為人子、為人弟、為人少者，先行孝、弟、順之禮，後可為人，進而治人。今危受令尊之請，為你加冠，誠望世子牢記今日之訓。」

他從漆盤中捧過了那只玉冠。

燕臨則一掀衣袍，長身跪於他身前。

眾人的注意力都放在了謝危的手上，倒極少注意他說了什麼，畢竟冠禮上的祝辭說來說去都是那套。然而下方站著觀禮的姜雪寧聽著卻是心頭一跳——

少了。

謝危說的祝辭少了！

《禮記》中說的是成人是要「為人子、為人弟、為人臣、為人少者」，要行的乃是「孝、弟、忠、順」，可謝危方才只說了為人子、為人弟、為人少，卻獨獨沒有說「為人臣」更沒有提半個「忠」字！

燕臨也在這一刻抬起頭來，那鋒利冷沉的目光直刺到謝危面上。

謝危卻低眸將玉冠放在了燕臨頭頂，平淡地對他道：「垂首。」

燕臨心裡江河翻湧似的震盪，有驚訝，有駭然，可當此之時萬不敢表露出半分，望了他片刻後，終於還是依言垂首。

贊者於是將木簪遞上。

謝危接過。

可正當他要將那木簪穿過玉冠為燕臨束髮時，勇毅侯府外面忽然響起了刀兵喧譁之聲，門口似乎有侯府的護衛大喝了一聲「你們幹什麼」，接下來便戛然而止，隨之而起的是驚呼慘叫，並著一人冷厲的高聲呼喝：「聖上有旨，勇毅侯府勾結逆黨，意圖叛亂，挑唆軍中譁變，今以亂臣賊子論處！凡侯府之人統統捉拿，敢有反抗者——格殺勿論！」

「什麼！」

廳中所有賓客全都悚然一驚，大多都慌亂起來，朝著外面看去。

勇毅侯燕牧更是渾身一震，霍然起身！

外頭的雪不知何時已經大了起來，一隊手持著刀劍的兵士盔甲上泛著冰冷的寒光，竟直接看殺了門口阻攔的護衛，踏著沉重肅殺的步伐進了府門，向前廳走來。

率兵者一臉的森然，正是定國公蕭遠！

姜雪寧緊扣在袖中的手指都不由顫了起來，上一世在侯府門口所見過的一幕幕血腥都彷彿從視野的底部湧了上來，令她如置冰窟！

所有人都知道勇毅侯府前途未卜，危在旦夕，隨時都有可能出事。

可今日燕臨冠禮宮裡也沒話說，該是聖上默許過的。

誰也沒有想到，聖上竟然偏偏選在今日動手，而率人前來者更是蕭氏一族赫赫有名的定國公蕭遠！

驟然之間逢此巨變，幾乎所有人都亂了心神。

燕牧一雙老邁的眼眸緊緊盯著走近的蕭遠。

燕臨更是瞳孔一縮，驟然之間便要起身，然而一隻手卻在此刻重重地落了下來，用力地壓在他的肩膀。

他抬首。

是謝危的手掌緊緊地按住了他的肩膀，扼住了他陡然沖湧上頭的熱血，然而從這仰首的角度卻無法清晰地分辨出對方的神情，只覺平靜若深海，窺不見半分波瀾，然而肩膀上卻傳來清晰的感知：那壓著他的五指，力道緊繃，指尖幾乎要深深陷進他肉裡！

謝危輕輕眨了眨眼，渾然似看不見那驚天之變，也聽不見那可怖動靜似的，目光仍舊落在冠上。

壓住燕臨後，重抬手，扶住玉冠。

木簪執在他修長的手指間，慢慢地轉動著，穿入玉冠底部的孔中，他眉目間的從容如青山染雨般，隱逸裡添上幾分端肅的厚重，只靜道：「豪傑之士，節必過人。拔劍而起，挺身而鬥，此乃匹夫見辱；卒然臨之不驚，無故加之不怒，方稱天下大勇者。世子毋驚，毋怒。」

第九十四章　聖旨不行

二十年前，蕭燕兩氏是親家。

然而隨著那不足七歲的孩童於平南王圍京一役中不幸夭亡，這由姻親作為紐帶連接起來的脆弱關係，輕而易舉地破裂了。

蕭遠在這定國公的位置上已坐了二十餘年。

當年老定國公膝下有三名嫡子，定國公這位置本輪不到他來承繼。不過滿京城都知道他運氣好，原本該被立為世子的嫡長兄得了重病，燒成個傻子。國公府正在猶豫立誰的時候，他在校場與新繼勇毅侯之位的燕牧「不打不相識」，接著娶了燕牧嫡親的姐姐燕敏為妻，由此輕而易舉扭轉了內宅中的劣勢，既得到一名端莊幹練的妻子，又得到了她母家的支持。很快，老定國公為他請封，立為了世子。待老定國公身故後，蕭遠便名正言順地成為了國公爺。

蕭定非是他同燕敏唯一的嫡子。

這孩子聰明伶俐，又同時具有蕭燕兩族的血脈，可以說一出生便受到整個京城的關注，在五歲時便被聖上欽點封為了世子。

但蕭遠並不喜歡這個孩子。

尤其是在平南王一役之後，但凡聽到有誰再提起這個名字，都會忍不住沉下面孔，甚至與人翻臉。

因為燕敏竟在此事之後與他和離！

勇毅侯府是最近幾代，靠在戰場上立功，才慢慢積攢了足夠的功勛，有了如今的地位；可定國公府卻是傳了數百年香火未斷、真正的世家大族。

在蕭遠之前，不曾有任何一位國公爺竟與妻子和離！

對男人而言，向來只有休妻，而和離則是奇恥大辱！

婦道人家，頭髮長見識短，哪裡知道朝局輕重？

蕭遠有心不放妻，奈何燕敏背後有侯府撐腰，且皇族也對燕氏一族有愧，被蕭太后一番勸誡後，他終於還是寫下了放妻書，與燕敏和離。

但從此以後，蕭燕兩家便斷絕了往來。

二十年過去，蕭燕再未踏足勇毅侯府。

今天，還是二十年後第一次！

重甲在身、刀劍在手的兵士悉數跟在他身後，來自那九重宮闕、由聖上親自寫下的聖旨便持握在他手中，過往所受之氣、所鬱之怨全都在這一刻暢快地宣洩了出來！

蕭遠上了臺階，頭髮已然花白的他穿深衣、著翹履，頭頂上戴著高高的冠帽，走入廳堂後腳步便停了下來，帶著幾分危險的目光從在場所有人的面上掃過，看見依舊在為燕臨加冠的謝危時眉頭皺了一皺，最終看向了旁側已經站了起來的燕牧。

燕牧一張臉已然低沉封凍：「我勇毅侯府世代恪盡職守，忠君愛民，定國公方才所言是何意思？」

蕭遠冷笑一聲：「當然都是聖上的意思！一個時辰前，通州來訊，有人暗中挑唆，駐紮大營五萬大軍鬧出譁變，聲稱要為你勇毅侯府討個公道！燕牧啊燕牧，當年平南王一役你我兩家也算是深受其害，卻未料你竟敢暗中與亂黨聯繫，聖上仁義有心饒你一家死罪，誰料爾等竟敢意圖謀反！你們的死期可算是到了！」

通州大營，軍中譁變！

在場之人哪個不是在朝中混？

方才遙遙聽見蕭遠說「譁變」二字時便有了猜測，如今聽他一細說，只覺背後寒毛都豎了起來，一個個都不由轉過頭向燕牧看去。

燕牧聽聞通州大營譁變時也是一怔，可緊接著聽到「你我兩家也算是深受其害」這句時，滿腔的悽愴忽然就化作了無邊無垠的怒火！

他猛地拍了一下旁邊的桌案！

案上茶盞全都震倒摔到地上，砸個粉碎！

燕牧瞪圓了眼睛看著蕭遠，眼底近乎充血，只一字一句恨聲質問：「你蕭氏一族也敢說深受平南王一役之害麼？」

佑大的前廳之內，連喘氣之聲都聽不見。

一面是聖旨到來，勇毅侯府罹禍在即；一面是京中昔日顯赫的蕭燕兩氏之主當堂對峙，劍拔弩張！

膽子稍小一些的如今日來的一些伴讀，早已嚇得面無人色。

便是姜雪寧都感覺到自己的脖頸被誰的手掌死死地卡住了——

知道是一回事，親歷又是另一回事。

少年的冠禮終究還是沒能避免染上血色，籠罩上一層家族覆滅的陰雲。

有那麼一個剎那，燕臨便要站起來了，站到父親的身邊去，同他一道面對今日傾覆而來的、殘忍而未知的命運。

然而他面前的謝危，只是再一次向旁邊伸出手去。

贊者哪裡見過今日這樣的場面？

端著漆盤在旁邊嚇得腿軟，險些跪了下去。

謝危手伸出去之後半晌沒人遞東西，他便一掀眼簾，輕輕道：「簪子。」

廳堂內正是安靜時刻，誰也不敢說話，腦袋裡一根弦緊緊地繃著，只怕就要發生點什麼事。謝危這聽似平淡的一聲響起時，眾人誰也沒有預料，有人眉毛都跟著抖了抖，手中按著刀柄的兵士們更是差點拔刀出來就要動手，轉頭一看，卻是謝危。

贊者都沒反應過來。

直到謝危輕輕蹙了眉，又重複了一遍：「簪子。」

束髮的玉冠所配乃是一對木簪，方才只插了左側，卻還剩下一邊。

誰能想到這刀都懸到後頸了他還惦記著加冠的事？

贊者這才後知後覺地拿了木簪，近乎呆滯地遞到謝危手中。

謝危看都沒看旁人一眼，持著木簪便插向束髮的玉冠。

定國公蕭遠的目光這時也落到了他的身上，原本就蹙著的眉頭不自覺蹙得更緊了些，雖知道這位謝先生乃是天子近臣，出身金陵謝氏，是個極有本事的人，可這處變不驚的模樣渾然沒將眾人放在眼底啊。

他都懶得再與這幫人廢話了。

在蕭遠看來，勇毅侯府這幫人都與死人無異，是以直接一揮手，冷厲地道：「廢話少說，今日赴宴的諸位大人們還請不要亂動，凡燕氏黨羽都給我抓起來！」

「是！」

他身後所有兵士領命，便要按上前來。

然而沒想到斜刺裡突然傳出道聲音問：「大乾律例，聖旨傳下當為接旨之人宣讀聖旨，國公爺既攜聖旨而來，怎不宣讀聖旨便開始拿人呢？」

蕭遠都愣了一下。

按律例是有這麼回事，可宮裡來的聖旨，他難道敢假傳聖旨不成？

眼底頓時帶了幾分肅殺。

他循聲望去，竟是一身形瘦高的青年站在人群之末，穿著藏藍的衣袍，也未盛服，因而不知是何官品，只猜位置不高，又看面相冷刻寡淡，頗覺眼生，便冷冷道：「你是何人？」

那人兩手都揣在寬大的衣袖裡，垂疊下來，倒是一身的平淡，並不緊張，只道：「下官刑部清吏司主事，張遮。」

張遮。

一說這名字，蕭遠倒是有了印象，記起是前陣朝中頗惹人議論的那個前刑科給事中，一介難搞的言官！眼皮登時跳了跳。

聖旨便握在蕭遠手中。

眼下是眾目睽睽看著，他縱使覺得面上掛不住，也不敢公然拒絕宣讀聖旨！

左右也就是宣讀一道聖旨的功夫。

這時的蕭遠還未多想，冷笑了一聲，便「謝」過張遮提醒，將聖旨一展。「奉天承運皇帝詔曰」地念起來，大意確與他方才入府時所言無二，一則軍中譁變事大，二則勾結平南王逆黨不饒，著令定國公蕭遠親率禁軍抄沒勇毅侯府，凡府中之人一律捉拿下獄。

一聲「欽此」過後，蕭遠便驟然合上了聖旨，陰沉沉地道：「這下聖旨宣讀過，爾等總該相信了吧？便是給本公天大的膽子，又豈敢偽造聖旨？來人——」

「國公爺，勇毅侯還未接旨呢。」

張遮在旁邊看著，眼見他要下令抓人，眼皮一搭，不鹹不淡又補了一句。

「……」

「……」

「……」

這回別說是負責傳旨的定國公蕭遠，就是心裡已經接受了大難臨頭命運的勇毅侯燕牧，都忍不住有些傻眼，搞不懂這位姓張的大人到底是想幹什麼。

謝危卻是在聽見「張遮」兩個字時便眉梢一挑。

加冠已畢，燕臨站起身再向謝危一揖，轉頭看去。

謝危的目光則靜靜落在張遮面上，並不言語。

蕭遠差點沒被這句給噎死，臉上一陣青一陣紅，牙關一咬，只道：「本公難道不知，還用你來提醒？」

接著才將聖旨往前一遞，道：「勇毅侯上來接旨！」

燕牧上前來接旨，可看著張遮也覺眼生，心想侯府該沒有這樣一個朋友，也不知對方葫蘆裡賣的什麼藥。

蕭遠料想一應事宜到此便該妥帖了，這姓張的該沒什麼刺兒要挑了，再一次揮手要換人上來抓人。

然而這一回根本還沒等開口，眼皮便是一跳！

因為他竟看見這姓張的移步向燕牧走來，竟將先前揣在袖中的手，伸了出來，像是要問燕牧看那聖旨，臉卻轉向他這邊，問了一句：「敢問國公爺，方才說通州大營軍中譁變的消息一個時辰前傳來，聖上才下了聖旨要抄侯府？」

這人到底想幹什麼！

蕭遠腰間佩劍，此時已經有些按捺不住地握住了劍柄，冷沉地回答道：「正是。」

張遮便向燕牧道：「請借聖旨一觀。」

蕭遠有些氣急敗壞了：「位卑小官班門弄斧，究竟意欲何為！」

燕牧眼珠一轉，卻是直接將聖旨遞了出去。

張遮接過來，骨節分明的長指輕輕將其展開來，只道：「國公爺息怒，抄家滅族乃是大罪，按律便是聖上的意思，各級政令也當由中書省核過蓋印之後方能下達。下官昨日聽聞中書省褚希夷大人抱病，通州譁變消息既是一個時辰前才傳來，請褚大人入宮便要費些時候，傳大人來此宣旨抄家又一番耽擱，一個時辰怕不夠用。是以……」

話到此時，他目光已落在了這封聖旨之上。

上一世從顧春芳處聽聞來的祕辛，果然是真——

查抄勇毅侯府的聖旨，確實是沈琅親手所書，然而當年宣旨之時聖旨上其實只蓋著皇帝寶印，並無中書省之印！後來勇毅侯府一案的卷宗裡出現的聖旨卻是兩印齊全，據傳乃是抄沒侯府屠了侯府半數人之後，才由新任的中書省平章知事加蓋中書省印。

而原平章知事褚希夷老大人卻被革職，老病歸鄉，沒過半年便因貧病交加於家中過世。前去弔唁之同僚，唯顧春芳一人。

由此才知道這件事，大約推算出當年褚希夷官至中書省平章知事，無異於一朝宰輔，怎落得這般下場。

張遮的目光從那本該蓋著中書省大印的空白處移開，重落到蕭遠面上，只道：「國公爺這聖旨，怕還宣不得，做不得數吧。」

蕭遠忍無可忍，拔劍直接指向他咽喉！

言語間已是盛怒難遏：「豎子焉敢胡言！聖上親書之旨由得你來置喙！本公今日當削你項上首級以亂黨論處！」

姜雪寧萬沒料到張遮會站出來，且還接連說出了這樣一番話，大乾朝律例倒背如流實不作假，只是不知上一世的今日究竟是何情形。她一顆心頓時在胸腔裡躍動，險些便要從嗓子眼兒裡跳出來！

陳瀛更是在張遮剛說話的時候便悄悄遠離了他。

然而張遮本人卻無比平靜。

他伸手將那聖旨遞了回去，寒光閃爍的劍刃倒映著他一張寡淡清冷的面容，無悲無喜，只好言相勸一般，道：「國公爺怒殺下官並無所謂，聖旨還是要送回宮中，請中書省加蓋大印，方可下達的。」

聖旨都已經送到了，兵士都已經圍了府，這人竟說皇帝說的話不作數，還得送回去蓋個印再回來抄家！

豈有此理，豈有此理！

蕭遠近五十年來從未遭遇過此等離奇之事，險些氣了個一佛出竅二佛升天，五孔七竅裡冒出煙來，連句完整的話都說不出，手抖不停：「你！你、你——」

第九十五章　燕回

天底下誰不知道皇帝的意思就是聖旨？

聖旨聖旨，這「聖」字指的就是天子，指的就是聖上！

但凡皇帝定下的主意，又有幾個人能更改？何況乎是當今天子，對付的還是勇毅侯府！

蕭遠本以為自己乃是攜著天子之命前來，今日必能一吐往日積鬱之氣，好叫勇毅侯府俯首聽令、叫在座大臣瑟瑟發抖，誰想遇到張遮這般會抬杠的。

逞嘴皮子功夫上，武將如何能同文人相比？

兩道粗濃的眉毛使勁一皺，蕭遠便輕而易舉感覺到自己彷彿陷入了窘境，心底暗驚之下，猛地一凜，陰沉地注視著張遮，竟然道：「我蕭氏一族忠君之事，甘為聖上前卒，聖旨乃是本公親眼見聖上寫下，豈能因你一小小清吏司主事之言便延誤時機？今日本公便要殺雞儆猴，看看斬了你這阻撓聖意、勾結亂黨的賊臣，聖上到底治你的罪，還是治本公的罪！」

話音方落，他竟真的提劍向張遮而去！

廳堂內所有賓客更是大驚，一為蕭遠忽然給人扣上的大帽子，二位他言語行動間所透露出來的凶險之意，當即就有人大喝了一聲道：「定國公是要濫殺無辜不成！」

姜雪寧卻是渾身血冷。

因為她記得，上一世沈琅明明是下旨抄沒勇毅侯府，將侯府所有人收監，等待案情查清後再發落。可她當日趕赴侯府時卻見鮮血滿地、人頭墜階！

這證明——

要麼是上一世冠禮時發生了什麼變故，要麼是負責此事的定國公蕭遠故意尋找藉口，大開殺戒！

眼見著蕭遠一步步向張遮逼近，周遭文武大臣更是怒聲責斥、群情激憤，引得重重圍攏廳堂的眾多兵士紛紛握緊手中刀劍，一副隨時準備要動手的模樣，姜雪寧緊張得喘不過氣來。

她比在場所有人更能感覺到那種失控的危險！

危急之際，目光在場內橫掃，卻是輕而易舉就看見了立在年少賓客們這邊、距離仰止齋這幫伴讀位置不遠的蕭氏二公子蕭燁，於是先前盤旋在腦海裡的那個念頭驟然冒了出來。

姜雪寧迅速地上前了一步，附耳過去對沈芷衣低聲說了一句話。

沈芷衣正眉頭緊皺地看著眼前將亂的情形，聽見這句話之後詫異地看了姜雪寧一眼，然而只略一思索便露出幾分驚喜，接著便將目光一轉，也看向蕭燁。

先前姜雪寧送給燕臨的劍並未收入庫中，而是由青鋒抱了，立在一旁。

沈芷衣二話不說，一步上前便揿了那劍匣把劍提起來，待向蕭燁而去！

蕭燁與燕臨也算是同齡之人，可自他出生之後，便處處被人拿出來與燕臨做比較，怎麼著也是出身蕭氏的嫡子，心裡如何能痛快？

更何況先前還與燕臨鬧了齟齬。

此時此刻他站在近處看著勇毅侯府這一副大難臨頭的倒楣樣，心裡別提多快意，就差撫掌大笑了。是以他的神情非但不同於這殿中之人的驚慌，反而是笑容滿面，並未注意到姜雪寧、沈芷衣這邊的異樣。

然而那劍真是出乎意料的重。

沈芷衣猝不及防之下，剛將劍提起，就被其重量一帶，險些跌倒在地。

這一來便吸引了周遭目光。

蕭燁看了過來，她也不由得看向了蕭燁。

那一瞬間，一股激靈的寒氣從蕭燁尾椎骨上爬了起來，先前的笑意更是從他臉上瞬間消失，反應竟是比兔子還快，扯著嗓子立刻大喊了一聲：「父親救我！」

正要舉劍壓在張遮脖子上的蕭遠頓時怔了一怔。

他回過頭來一看，便看見站在那邊的蕭燁拔腿就要朝這邊跑過來。

沈芷衣頓時著了急。

姜雪寧所站之處靠著外面一些，正在蕭燁要經過的路上。

她眼皮一跳，暗想計畫趕不上變化，雖然心裡一萬次告訴自己在這風口浪尖上千萬不要顯露形跡，可在蕭燁忙慌慌從她眼前奔過的那個剎那，終於還是發了狠般一咬牙！

「砰！」

直接一腳踹了出去，正在蕭燁膝上！

這大公子哥兒自己逃命逃得好好的，還正想著得虧自己見機快，要不就要成為旁人要脅的工具了，根本就沒想過途中遭遇這麼黑的一踹！

電光石火間誰能反應得過來？

他見著姜雪寧時只覺心底一冷，膝蓋上傳來劇痛，已是不由自主地面朝下摔到了地上，腦袋「咚」一聲叩在堅硬的地面，甚至都撞出血來！

沈芷衣這時終於得了機會，反應過來，立刻提劍上前壓在了蕭燁的脖頸上！

蕭遠勃然大怒：「長公主殿下這是什麼意思！」

沈芷衣本就隱隱知道了母后與皇兄對勇毅侯府的態度，甚至今日王兄想來，母后也沒准許。若定國公蕭遠也是公事公辦，她自然也不好置喙什麼，可如今做成這樣，實在是欺人太甚！

她是燕臨玩伴好友，如何能忍？

到底是一個王朝、帝國的公主，沈芷衣將臉色拉下來時，也甚為嚇人，寒聲道：「皇兄聖旨叫你捉拿，你卻要開殺戒！焉知不是挾私報復？蕭遠你聽好，這廳堂之中的人你要敢動上一動，本公主擔保，你這不成器的孬種兒子，立刻人頭落地！」

那劍在燕臨手中是揮舞自如，在她手中卻是有些勉強。

劍尖壓在地面上，劍身與地面形成一個夾角。

蕭燁的脖頸便在這夾角之中。

沈芷衣手腕因沉重動上一動，那夾角便小上一分，劍刃幾乎貼著蕭燁的脖頸，讓他立刻心膽俱喪地慘號起來：「父親，她要殺我，快救救我！」

這一齣別說是蕭遠，就是勇毅侯府眾人都沒想到。

內外賓客再次目瞪口呆。

張遮的脖頸也被蕭遠的劍壓住了，此刻卻是不由抬頭望了一眼：姜雪寧不聲不響地站在那邊，不顯山不露水模樣，倒是沒幾個人看見剛才關鍵的那一腳是她踹的。上一世，她是沒有來的；這一世終於來了，是要補上一世的錯、彌上一世的憾了嗎？

蕭氏一族如今就這麼個命根子，還等著他承繼家業，且蕭燁也是蕭遠悉心撫養長大，難得同他親近，哪裡會想到沈芷衣以此作為威脅！

蕭遠森然道：「長公主殿下難道站在燕氏這邊想要違抗聖旨不成？」

沈芷衣方才又不是沒聽見，根本不將定國公放在眼底：「第一，聖旨下達於律不合，刑部的張大人說的是，你該回去加蓋大印；第二，本公主不管你們朝堂上是什麼事，犯人秋後處斬尚要給吃頓好的，今日乃是燕臨冠禮，尚未結束，容不得你等胡作非為！要麼你此刻退下，要麼我殺了你兒子！」

這一刻，她面上的那種果決與殺伐，是姜雪寧從未見過的。

那曾在鳴鳳宮的夜晚裡抱著她飲泣的脆弱，也被堅硬的盔甲覆蓋。

真正的鳳華凜冽！

燕臨從張遮開口的時候，便怔住了，待得姜雪寧、沈芷衣出手，更是僵立在原地望著。

來冠禮的文武大臣本也不滿蕭遠拿著沒蓋印的聖旨來，雞毛當令箭，更有沈芷衣站出來說話，終於有實在看不過去的也出來附和道：「男兒冠禮，由少而長，生逢僅此一次，定國公何必把此事做絕了？」

「是啊，這也欺人太甚！」

……

漸漸地，廳堂之內附和的聲音多了起來，也大了起來。

這幫人若集聚在朝廷裡，也是一股不小的力量。

蕭遠聽著，面色漸漸難看起來。

燕臨卻是微微仰首，胸腔裡一股滾燙的熱血自跳躍的心房裡奔湧而出，灼得他微微地顫抖著，連眼眶都紅了些許，那股洶湧澎湃之意幾如一團火，燒得那沉沉壓下來的陰霾與堅冰都散去、化無。

世道固然艱險，可人情有時冷，有時也暖！

少年垂在身側的手指慢慢地握緊，只想將眼前這一幕都刻下來，深深地刻進記憶裡……

謝危高立於堂上，一身雪白的素衣不染塵埃，只打量著蕭遠那陰晴變化的面色，又看了看正持劍壓著蕭燁與蕭遠對峙的沈芷衣一眼，終於是開了口道：「定國公還是先退一步吧。」

蕭遠早注意到他今日也在此處。

只是滿朝文武都知道謝危乃是天子近臣，且他感覺聖上對此人是言聽計從的，因而旁人都敢冒犯，卻一直都當謝危不存在，唯恐惹出什麼禍端。

可沒想到謝危竟對他說這話。

蕭遠盯著他道：「少師大人也是要站在燕氏這邊嗎？」

謝危輕輕一擺手，示意一旁呆立的贊者下去，倒是從容不迫模樣，甚至還輕輕笑了一笑，道：「差事是聖上交下來的，要辦的乃是勇毅侯府，國公爺也不過是中間這個人，萬事謹慎為好。眾多兵士皆在，也不過就是回頭多跑商一趟的功夫，兩全其美何樂不為？且既是眼下廳中冠禮之眾位同僚所提起之請，聖上若是問起，國公爺據實已告，聖上雖然會怒，但想必也不至遷怒……」

所有人聽得這話簡直倒吸一口冷氣！

周遭望向謝危的目光一時都驚異極了，想得淺些的，甚至有些憤怒。

蕭遠一聽也是一怔，緊接著便一激靈，立刻就反應過來了：謝危這話看似是在為勇毅侯府說情，可實際上卻是說了這幫人站在勇毅侯府一邊的後果。聖旨若立刻傳到了，勇毅侯府被抄也就被抄了；可如有人還敢挑聖旨的刺，且站在侯府一邊，為侯府說話，若讓聖上知道，必定龍顏大怒啊！屆時此事又沒他什麼錯處，這筆帳最終還不是算到勇毅侯府的頭上？回宮加蓋大印，看似不可為，實則大有可為啊！

想通中間這關節，蕭遠險些忍不住大笑起來，再看謝危只覺當真像那九天的仙人，高臺頂的聖賢，精妙絕倫，於是爽快地收了劍，竟道：「既然是謝先生發話，這面子少不得要給的。本公便先行回宮，向聖上通稟此事，容後再來！」

謝危搭下眼簾不語。

姜雪寧卻是能感覺到身邊起了幾分竊竊私語，眾人的目光似乎都往謝危的身上飄，似乎有人覺得他此舉很受人詬病。

不過稍想得深些的，已忍不住要對謝危五體投地了。

一句話扭轉乾坤，莫過於此。

想也知道會來勇毅侯府為燕臨冠禮做主賓的，該不是什麼陰險小人，可他說出這番話，卻是能順利擺平兩邊，輕易化解僵局，甚至陳明了箇中利弊。

君王最忌諱的便是武將功高震主，勇毅侯府近年來功勛尚不算震主，可事涉勾結亂黨之事，到底敏感。

若滿朝文武都站在侯府這邊，焉知不會害了侯府？

方才他們的行為已是過了。

若今日僥倖能度過此劫，當謹言慎行，不要反倒害了侯府才是。

蕭遠已打起了腹稿，只待回宮狠狠地告上勇毅侯府一狀，對周遭兵士下令道：「把這座宅邸統統圍起來，半個人也不許進出！」

說完話則看向沈芷衣。

他面上的怒意又湧上來，沉聲道：「公主殿下該放人了吧？」

沈芷衣也不說話，把劍收了回來。

但蕭燁一腦袋磕到地上差點磕傻了，膝蓋又疼，卻是自己起不來。

還是蕭姝深深地看了姜雪寧一眼，才一擺手，叫左右伺候的人上前將人扶起。

圍府的重兵重重把守了這座宅邸每個角落。

府裡伺候的下人都面白如紙。

但蕭遠到底拿著聖旨返回宮中了。

廳堂內安靜極了。

燕牧久久地望著謝危，說不出話來，過了好半晌才將氣概一振，咬牙朗聲道：「既加冠，請謝先生為我兒賜字！」

贊者沒見過這種場面，手腳發軟動不了。

還是老管家反應快，立刻將一早準備好的筆墨紙硯呈上，躬身到謝危面前：「請先生為世子賜字。」

燕臨也看向了謝危。

姜雪寧的五指悄然緊握在袖中，連手腕上那一絲細細的疼都不大感覺得到了，忍不住屏住呼吸，一眨不眨地看著。

宣紙平鋪在漆盤內，由管家高舉。

所有人的目光都落在謝危身上。

他一手斂了寬大的袖袍，提筆而起，將落時，卻停了好久，寫了一個字，又停下來，最終竟然擱了筆，道：「世事難料，原定兩字，如今只這一字，未嘗不好。」

眾人往那紙上一看——

字如龍蛇，都藏筆畫間，乍一看無甚鋒芒，細一品力道雄渾。

卻只有一字，曰：回！

燕臨，單字回。

「大鵬一日同風起，扶搖直上九萬里。可蒼穹不是容身所，滄海方是心歸處。厄難度過，初心莫改！是字為『回』。」

第九十六章　轉軌

年輕的皇帝，將近而立，看背影還有些英姿勃發，但若轉過來看正臉，兩隻眼窩卻是微微凹陷，稍顯縱欲陰鷙了些。

他棋盤對面坐著的乃是一名面闊口方的和尚。

只是這和尚也沒有和尚的樣子，眉目間沒有多少慈和之色，身材也十分魁梧，一雙倒吊三角眼，看人時竟有些草莽梟雄氣的凶神惡煞。

這便是當朝國師，圓機和尚。

蕭遠知道，四年前沈琅能順利登基，這和尚似乎也有功勞，雖則沒有謝危功勞大，可卻極得皇帝信任，加上太后娘娘青睞佛家，所以封了一座寺廟給他不說，還將他封為本朝國師。

相比起來，謝危年紀雖輕，可一個太子少師比起來則顯得有些寒酸。

朝野上下也有不少人把這和尚同謝危對比。

謝危如何不知道，但這和尚能成事，本事必然極大。

蕭遠不敢馬虎，進到這大殿內後，便添油加醋將自己在勇毅侯府所遭遇的事情一一呈報，只是言語間將涉及到謝危時，到底有些忌憚，也恐自己一番話反讓謝危在皇帝面前露臉，所以乾脆隻字未提。

結束後便問：「聖上，他們大膽至此，該如何處置？」

沈琅一顆棋子執在指間，一雙狹長的肖似蕭遠的眼眸卻是瞬間陰沉了下來，在這光線本就昏暗的大殿之中，更顯得可怖極了，目光竟是落在了蕭遠身上。

算起來，他雖貴為皇帝，可也該叫蕭遠一聲「舅舅」。

然而這個舅舅辦事……

當皇帝和坐牢也沒區別，權力看似極大，可也要防著天下悠悠眾口。這種時候，「刀」就變得極為重要。什麼髒的臭的都要這幫人去做，自己確須高坐在上，泥不沾身！

不然豢養心腹幹什麼？

換句話說，是心腹就得做心腹該做的事！若中間的心腹也想要當個「好人」，不想招惹麻煩，在這種事裡把自己摘得乾乾淨淨……

不過是聖旨少蓋了一枚印，這位舅舅竟然打道回宮來！

這一回來豈不告訴世人，是他執意要發作侯府嗎？

且這明擺著也是怕在此事之中擔責。

真是廢物一個！

沈琅有心要立刻發作，然而轉念一想，顧及到太后那邊，終究壓了下來，只冷著臉直接叫了王新義：「褚希夷那老頭子在養病也別叫他進宮來，帶舅舅去中書省那邊取了印來先蓋。勇毅侯府亂臣賊子不可輕饒，一律先給朕投下大獄！違令皆殺！」

蕭遠立刻洪亮地道：「是！」

他看著沈琅臉色雖然不好，但只以為沈琅是暗中惱火於勇毅侯府的反抗，根本想也想不到沈琅真正不滿的是他以及蕭氏一族，也根本想不到謝危方才勸他一句真正的用意在哪裡，是以還有些振奮。

行過禮便與王新義一道先去取印。

按大乾律例，蓋印之事得要褚希夷這邊點過頭才能辦，可用印都在宮中，是以印信也都放在宮中。

強行取印，又不是人人都是張遮，便是心中覺得不妥，也無人敢置喙。

更何況褚希夷還不在。

蕭遠那邊給聖旨蓋上印便走，大殿之中沈琅卻是驟然掀翻了棋盤，咬著牙道：「朕對勇毅侯府下手，蕭氏固然高興，可這模樣暗中也是防著朕以此作為把柄他日也對他們下手啊！」

皇帝自然是沒有錯的。

即便不曾加蓋大印，也可說是一時怒極攻心。但若蕭遠已經知道中書省的大印沒蓋，還要依照聖旨之令，甚至對勇毅侯府大開殺戒，那蕭遠便會招惹非議，他日這件事也會成為把柄。

只要沈琅想，便可置蕭氏於死地！

圓機和尚坐在他對面，見著棋盤上摔在地上，棋子灑落滿地，也未有半分驚慌，單手立在胸前，只笑了一聲：「難道聖上確無此意嗎？」

沈琅便轉眸望著他，竟慢慢消滅下去。

他起身，踱步，站到了宮門口，望著白玉階下一重又一重的宮門，冷冷地笑道：「倒也是，不怪他們警覺。勇毅侯府已除，下一個便是蕭氏。這天下唯一個皇族卓立於世，什麼兩大世家！」

祭祖，加冠，取字。

一應禮儀完備後，一場冠禮也走到了尾聲。

燕氏一族以燕牧為首，向謝危獻上金銀、書墨等種種作為答謝，又使燕臨行過三拜之禮，從此奉謝危為長，方才算是結束。

禮畢時，燕臨也長身向靜寂廳堂內的所有人躬身一揖，道：「今日諸位大人、故友危難前來，不異雪中送炭，此情燕回永記於心！」

原本的少年，已稱得上是名真正的男子了。

眾人皆知今日之禍只怕不會善了，都在心底嘆息一聲，紛紛還禮。

謝危在旁邊看著，卻是有些出神。

滿朝文武大約都有這樣的感覺——

皇帝對他這位少師言聽計從。

可事實上卻不然，那不過是因為他每一次說的話都能切中沈琅的心意，而不切心意的那些話他都沒有說罷了。如此才使人有此錯覺。

有了這個錯覺之後，滿朝文武便不會有人想要得罪他。

包括蕭遠在內。

但他卻可憑藉對皇帝的瞭解，算計旁人：蕭遠一是皇帝的舅舅，二是蕭氏大族出身，自以為與皇帝親厚，只怕是想不到皇帝真正的忌諱在哪裡的。

可也正因他所處的位置太特殊，少師之位並無實權，相比起來那不顯山不露水的國師，圓機和尚，顯然略遜一籌，可一旦有了實權就會引來忌憚。

沒有實權，有些事終究力不能及。

更何況本能調動的力量還要受到背後天教的掣肘……

通州大營譁變！

他早派人在通州各處城門外設防攔截，格殺勿論，軍營中人不知消息，哪裡來的什麼

「譁變」！

一股凶戾之氣，暗地裡悄然爬上。

外頭又吵嚷起來，是蕭遠終於拿著蓋完印的聖旨回來了。

這一下再無人能說什麼。

雖然有人覺得這未免也太快太容易，可印信都在，這種憑猜測的事情對不出真假，若再為侯府說話，只怕不僅引火焚身還害了侯府，所以都保持了沉默。

這倒讓蕭遠有種一拳打到棉花上的感覺。

他惡聲惡氣地下令捉拿。

勇毅侯府的府衛都看向燕牧，燕牧只一擺手，示意他們不必反抗，任由鐵鍊枷鎖將侯府上上下下所有人束縛起來。

只不過，當有兩名兵士拿著枷鎖上來便要往燕牧脖子上卡時，旁邊不遠處立著的張遮眉頭輕輕一皺，又不鹹不淡地來了一句：「刑不上大夫。」

蕭遠鼻子都氣歪了。

兩名兵士愣愣傻眼，看向蕭遠。

蕭遠心裡籌謀著以後再讓這姓張的好看，此刻卻只能將氣都撒到別人身上，因此破口大罵道：「沒聽見嗎？刑不上大夫，這老匹夫抓走就是！腦子是不是有毛病！」

兩名兵士莫名被罵了個灰頭土臉，只好將枷鎖撤了。

燕牧再一次看向這位素不相識的刑部清吏司主事，終是不由得向張遮笑了一笑，竟是灑然地徑直邁出了廳堂，隨著府裡其他人一道去了。

燕臨還在後面一點。

從姜雪寧身旁走過時，他心裡滿腔潮湧，終究還是沒有忍住。

去他祖宗的流言蜚語！

這一刻，他只想一騁心懷！

竟然在眾目睽睽之下伸手將她攬入懷中，用力地抱了一下，然後眨眨眼道：「走了，姜二姑娘，劍幫我收好。」

姜雪寧整個人都呆住了。

然而都沒等她反應過來，燕臨已經踏出了門外。

原本熱鬧的侯府，忽然就淒清冷落下來。

片刻前還是冠禮正行，賓客滿堂，如今卻是杯盤狼藉，命途難測！

上天啊。

為什麼對她的少年如此殘酷呢？

姜雪寧想，反正自己往後也不準備待在京城，抱便抱了吧，名聲她也不在乎。

若往後誰真喜歡她，還會介意這個不成？

一時想到以前，又想到以後，神情間卻是悵惘起來。不經意間抬首，竟對上了一雙清冷的眸子。

張遮不知覺間已經看了她許久。

直到她也抬首對上目光時，他才意識到這點。

她那樣想當皇后，上一世辛辛苦苦、汲汲營營，重生回來，又已經知道了誰才是最終的大贏家，如今眼見得舊事轉軌，燕小將軍不會再走上與上一世般的路，還對她用情至深，大約快慰了吧？

可他好不快慰。

來淌這渾水之前，便是明白的；可如今做完了，反倒……

與此間諸位大人，他都沒有深交。

眼見蕭遠並一干兵士已經在「請」眾人離開，以備接下來查抄侯府，張遮終於還是抬頭，看了看外頭漸漸大了的鵝毛似的雪，也不同誰打個招呼，轉身便向外頭走去。

那一瞬間，姜雪寧竟想起了上一世的張遮。

此人愛極了雨。

可她名姓中帶的是個「雪」字，所以上一世剛剛知道有這麼個油鹽不進的人時，冬日裡她去乾清宮正好遇到，便恣意跋扈地問他：「張大人既然這樣喜歡雨，遇到這樣下雪的天，還要同本宮一道走，該很討厭我吧？」

那時張遮沒有回答。

但姜雪寧默認他是討厭的。

後來天教亂黨刺殺皇帝，累她遭殃落難，她同張遮躲在那茅屋下頭時，外面在下雨，於是她又問他：「張大人這樣喜歡雨，如今卻跟我同在一個屋簷下看雨，想來你知道本宮名裡還帶個『雪』字，該很討厭吧？」

張遮也沒有說話。

姜雪寧也與上一次問一般，默認他是討厭的。

但等了好久好久之後，在她看著外頭墜落如珠的雨簾出神時，竟聽到身邊一道聲音，說：「也沒有。」

也沒有什麼呢？

沒有那麼喜歡看雨，沒有知道她名裡帶個「雪」字，還是……

沒有那麼討厭？

那一刻她竟感覺到了一種罕見的忐忑，微熱的心在胸腔裡鮮活地跳動，很想很想回頭去確認，是不是他的回答，很想很想再一次開口追問，是沒那麼討厭我嗎？

可她手中還攥著不久前從頭上隨便摘下來的金步搖。

鳳吐流蘇，璀璨耀目。

在那一瞬間深深地扎了她的眼，於是她意識到：自己是個皇后，一旦真的越過某條線，等待著她的，等待著張遮的，都會是萬劫不復。

她恐懼了，怯懦了。

她不敢深問。

那一天的雨下了好久好久，姜雪寧卻第一次希望，它能下一輩子，就在那山野間，就在那茅屋外，永遠也不要結束。

賓客終究都散乾淨了。

燕臨說，姜二姑娘，幫我把劍收好。

所以臨走時，姜雪寧又將自己來時所帶的那劍放入劍匣中，入手時只覺劍又沉了些，上頭覆著的一層寒光卻倒映著人世悲苦。

宮裡來了人，先將沈芷衣接走了。

沈芷衣也懶得多話，自顧自去。

蕭姝後面一些走，但臨走時看著姜雪寧，笑意微冷地道：「往日倒沒看出，姜二姑娘臨危時有這樣大的本事。」

姜雪寧便淡淡道：「若不臨危，我也不知自己有這樣大的本事呢。」

姚惜、陳淑儀兩人都站在蕭姝身邊，嘲弄地看著她。

蕭姝拂袖走了。

她二人也跟上。

周寶櫻離開時卻是看著姜雪寧有些擔心模樣，想同姜雪寧說點什麼的模樣，可陳淑儀等人走過去沒多久，便回頭喊她，她也只好閉上嘴，跟著去了。

冬日裡的雪，下得夠大了。

轉眼亭臺樓閣、回廊山牆，都被蓋成一片白。

姜雪寧出來時，站在勇毅侯府回首望去，但見那天空陰沉沉地壓著，烏雲籠罩成陰霾，只是也或許她今日心境不同於前世，竟覺得那烏雲的邊緣上好似有一小縫的天光透出來，雪後終將放晴。

謝危竟還在姜雪寧之後。

她正望著時，他從門裡走了出來。

兩人目光對上。

姜雪寧沉默不語，也不知道說什麼。

謝危卻是看了看外頭這一條白茫茫的街道，離去的馬車在上面留下了清晰的車轍，可不一會兒都被大雪覆蓋。

他從姜雪寧面前走過去，準備回府時，心裡其實什麼也沒想。

甚至是麻木的。

然而已經走出去後，腦海中浮現出她方才交疊於身前的雙手，終於才想起了點什麼，停下腳步，有些疲憊地回首道：「妳過來。」

姜雪寧還沒從「謝危居然搭理自己了」這一點上反應過來，愣住了，下意識道：「我要回宮。」

謝危看著她。

姜雪寧便陡地一激靈，連忙跟著走了上來。

謝府便在勇毅侯府旁邊，一牆之隔，實在不遠。

謝危走在前面，姜雪寧也看不見他神情，只聽到他問：「還喜歡張遮？」

姜雪寧於是想起了先前張遮看自己的那一眼。

她張了張嘴，把腦袋垂下去，半晌才慢慢地道：「怎能不喜歡呢？」

他值得。

謝危似乎有片刻的沉默，末了道：「不欺暗室，防意如城。只是太冷太直了些，不過，也好。」

也好。

也好是什麼意思？

姜雪寧其實有些不明白，可聽著前面那些話，倒覺想是謝危認可了張遮這個人似的，於是心底微熱，也不知為什麼，有種與有榮焉的歡喜。

連謝危帶著她走進了謝府，她也沒注意。

斫琴堂內，呂顯一肚子都是火，正琢磨著那該死的尤芳吟這一番舉動到底是想幹什麼，忍不住在屋裡來回地踱步。

這時聽得外頭有人喊一聲「先生」，便知是謝危回來了。

他一抬頭正好看見謝危進門，開口就想要抱怨，誰料眼神一錯眼皮一跳，竟看見謝危後面跟了個嬌滴滴的小姑娘，這一瞬間滿腦袋想法都炸散了，差點沒把自己舌頭咬下來：「你居然帶了個女人回府！」

第九十七章　上藥

謝危走進去時也沒想到呂顯此刻會在這裡，但轉念一想姜雪寧該也不認識他，便沒多言。聽見呂顯說出此言，他沉默片刻，眉頭一皺，道：「姜家一個小姑娘，你胡說八道些什麼？」

呂顯當然還記得姜雪寧。

這位姜二姑娘往日被燕世子帶著，來他府裡買過琴，拿走了那張「蕉庵」，謝危暗地裡還不滿過一陣。可他說的是小姑娘不小姑娘的事兒嗎？

認識謝危這麼多年，這府裡連個丫頭都沒有。

謝居安潛心佛老之學，清心寡欲不近女色，連什麼貓兒狗兒鳥兒都不養，這偌大的府邸上上下下恐怕就牆根邊打洞的耗子能逮出幾隻母的來！

帶個姑娘回府，那簡直太陽打西邊出來！

呂顯的目光落在姜雪寧身上，但見這姑娘比起上次見著時更加出挑了些，腰肢纖細，身段玲瓏，眼珠黑白分明，本是清澈至極，然而因著那桃花瓣似的眼型，又多了幾分含著嬌態的天然嫵媚。

從五官和神氣上，這實算不得一張端莊的臉。

眼下這才近十九還不到雙十的年華，就已經這般，待得再長大些，那還了得？

他心裡總覺得有種說不出的古怪。

斫琴堂可不是什麼人都能進的地方。

但畢竟是在外人面前，這年頭的小姑娘都聰明著，呂顯便沒再說什麼，強行將自己跌到地上去的下巴撿了回來，一副歉然模樣向姜雪寧拱了拱手，道：「請恕呂某眼拙，太驚訝竟沒認出來，原來是姜侍郎府上的二姑娘，上回那張『蕉庵』用著還好嗎？」

天知道姜雪寧看見呂顯時才是差點沒嚇掉魂！

旁人不知道呂顯同謝危的關係，可她是知道的。

那一瞬間差點露出破綻來，還好呂顯看見她十分驚詫，謝危的注意力又在呂顯身上，沒留神看她，這才讓她有了喘息之機，立刻調整掩蓋過了。

聽呂顯問起蕉庵，姜雪寧定了定神，回道：「多謝呂老闆當初幫忙張羅尋琴，琴是古琴，自然極好的。呂老闆也在謝先生這裡，是送琴來嗎？」

呂顯一怔，立刻笑起來：「是啊是啊，近來有一張好琴的消息，不過主人家好像不大願出，畢竟是受居安所托，所以來商量商量。」這是順坡下驢，他對姜雪寧沒有半點懷疑。

姜雪寧卻從他直呼謝危的字，判斷出這二人關係的確匪淺，但到這裡便沒什麼話了。

謝危則轉身向她道：「伸手。」

姜雪寧一頭霧水，莫名覺得有些毛骨悚然，伸出了自己的左手。

謝危長眉輕蹙，竟掀開她衣袖來看。

雪白的手臂上乾乾淨淨倒沒什麼傷痕。

他又道：「另一隻。」

這下姜雪寧隱約察覺到點什麼了，右手垂在身側，有些不大想伸出來。

謝危眼底似乎有些惱怒閃過。

但對著她也還是壓了下來，沒有發作。

眉眼輕輕一低，他略略向前傾身，也不再同她廢話，抓了她垂著不敢伸出的右手，將那層層疊疊的衣袖卷起來一些，便看見了她腕上那道帶血的抓痕。

姜雪寧頭皮發麻：「都是剛才不小心……」

謝危卻放了她的手，指了旁邊一張椅子，道：「坐。」

姜雪寧簡直跟不上這人的想法，又或者說根本摸不透這人的想法，有些茫然地眨了眨眼，卻看見那呂顯杵在旁邊，看著她的目光越發古怪，好像看著什麼三條腿的兔子、長角的烏龜似的，稀奇極了。

她滿腹疑惑，又不敢說。

謝危叫她坐，她也只好忐忑地坐了。

斫琴堂乃是謝危常待著的地方，靠窗的長桌上還置著斫琴用的木材與繩墨，甚至還有繞成一圈一圈的廢掉的琴弦擱在角落。裝著藥膏的匣子則放在長桌不遠處的壁架上。

謝危走過去便取了過來，一小瓶酒並著一小罐藥膏，折了一方乾淨雪白的錦帕，略略蘸上些酒，到她面前，又叫她伸手。

姜雪寧有些怔忡。

畢竟她同謝先生這陣好像有許久沒有說過多餘的話了，對方忽然來搭理她，還要給她上藥，實在讓她有一種如在夢境般的受寵若驚。

當然，還是「驚」多一些。

她愣愣地伸出了手去。

那方沾了酒的錦帕便壓在了她腕上的傷口上，第一瞬間還沒覺出什麼，可等得兩息之後，原本破皮的傷口處便滲入了灼燙的痛楚！

直到這時候姜雪寧才後知後覺反應過來——

這上頭蘸的是酒啊！

小姑娘家家細皮嫩肉哪裡受得了這苦，吃痛之下眼淚花都一下冒了出來，頓時起了身，把手抽回來捂住，退得離謝危遠了些，甚至有些委屈下的憤怒：「你幹什麼！」

一隻沉甸甸的錦囊從她袖中掉出來，落到地上。

謝危還捏著那方錦帕，一時皺了眉：拿酒清理傷口是會痛些，可有到這地步，用得著這麼大反應？

「噗嗤。」

旁邊不遠處不知何時搞了把瓜子來正嗑著的呂顯，看著這情形，一沒留神就直接笑出聲來了。

謝危彎身撿起了地上那只錦囊，聽見這聲音，轉過頭就看見他，眉峰間頓時染上幾分冰霜，冷了些，淡淡道：「你怎麼還在？」

「……」

呂顯一顆瓜子卡在喉嚨，差點沒被噎死。

他無言了好半晌，微微笑起來，心道：那我他娘現在出去行了吧！

一把炒瓜子朝桌上一扔，譁啦啦撒一片，他風度翩翩地起了身，微微一笑道：「我去外面等，不打攪了。」

呂顯真出去了。

姜雪寧卻還是站著，萬般警惕地看著謝危，淚意也沒法逼回去，畢竟真疼。

謝危卻是掂了掂那錦囊，掉下來時灑落幾顆，一眼就看出來是剝好的松子，不由看她道：「去冠禮還帶這些東西。」

姜雪寧瞪他不說話。

謝危便一回首先將這一小袋松子擱到案頭上，眸光微微地一閃，道：「那該是燕臨給妳的了。」

提到那少年，姜雪寧沉默下來。

謝危的心裡似乎也不好受，好一會兒沒說話，才叫她道：「過來。這麼點疼都受不了嗎？」

你祖宗的臭男人活該找不到老婆！

姜雪寧差點要氣死了。

她又急又惱，可看著謝危手上那方沾酒的錦帕，更忍不住發怵，僵持了半晌後，道：「我可以自己來。」

至少下手不那麼黑。

謝危凝視她片刻，終於還是伸手把那錦帕遞了過去。

姜雪寧接過，但還是半天不敢下手。

謝危淡淡道：「妳準備在我府裡過夜不成？」

姜雪寧一聽，心便灰了一半，乾脆把膽子一放，全當這只手不是自己的，輕輕把那沾酒的錦帕覆了上去。自己動手好歹有點準備，痛歸痛，但咬咬牙還能忍。

只是待把那一道抓痕上的血跡清理乾淨，她整個人都跟虛脫了似的。

到底還是謝危來給她上藥膏。

這種時候，姜雪寧未免有些恍惚。

上一世，沒出事沒謀反之前，世人眼中的謝危都是個聖人，賢者，叫人挑不出錯處，人人即便不能真的親近他，也願意多同他說上兩句話。

是太過完美，以至於有些不真實。

出了事了，謀了反了，世人眼中的謝危又從一個極端走向了另一個極端，成了所有人口中的反賊、叛臣，懷著野心的豺狼，披著聖名的奸佞。

是太過汙濁，又好像有些失之偏頗。

重生回來前，她也覺得是後者。

重生回來後，卻有些不確定了。

好像既不是這樣，也不是那樣，真像個謎。

不過想想又與她有什麼關係呢？

勇毅侯府的事情已經出了，接下來便等一個結果。

好好壞壞，都該算是結束。

她只想要收拾收拾自己的行囊，離開京城這步步殺機的繁華地，去過上一世沒有過過的逍遙日子，什麼謝危啊，蕭燕啊，皇宮啊，都該是要拋之於腦後的。

姜雪寧出了神。

謝危給她上完藥膏時便發現了，淡淡出聲拉回她神思：「貓兒狗兒這樣的畜生不通人情，便是豢養在人家，然凶性天生難除盡，往後不要離太近。」

姜雪寧抬眸看他。

略略一想便知道了，謝危對她的態度又轉了回來，多半是因為先前廊下那隻貓吧？

她默然許久，似乎在斟酌著什麼。

終於還是道：「寶櫻有事幫了我，那日回去她正好來，所以才把先生給的桃片糕分了她一半……」

謝危背對著姜雪寧，將藥膏罐子放回匣中的手頓了一頓，然後道：「知道了。」

淡淡的，聲音裡聽不出情緒。

姜雪寧覺著自己該說的好像也都說完了，便把自己方才捲起來的衣袖慢慢放下，起身告辭，只是待要離開時，想起那漫漫不知方向的前路，腳步又不由停住。

她好像鼓足了勇氣，才能止住那股戰慄，轉過身來問：「先生現在還想殺我嗎？」

「……」

謝危才剛關上匣子，這一瞬間好像也有別的什麼東西跟著被鎖進匣中。

他回眸，眸底深暗無瀾。

一時竟好似有些倦意，道：「當日說的話那樣多，妳便只記住了我說要殺妳嗎？」

姜雪寧愣住。

她腦子裡一下亂糟糟的，理不清什麼頭緒，努力想要去回想當時謝危還說了什麼。

但謝危已經擺了擺手，道：「回宮去吧。」

說完又喚了一聲：「劍書，送她出去。」

第九十八章　定非公子

姜雪寧走了。

臨出門時還沒忘記回頭拿了先前謝危擱在桌上的錦囊。

呂顯立在外頭摸著自己的下巴琢磨了半天，還是走了進來：「哎喲喂，這怎麼還鬧上脾氣了呢？」

謝危坐在了桌邊上，閉上了眼，直到這時候，滿世界的喧囂才徹底從他腦海裡退了個乾淨。

今天出的事已經夠多了。

呂顯今早就在府裡，隨時聽著隔壁的動靜，哪裡能不知道發生了什麼呢？只是他同勇毅侯府也沒什麼交集，同情歸同情，唏噓歸唏噓，卻能十分冷靜地看待這件事——

這件對他們來說有利的事。

從某種程度上來講，他希望謝危與自己一般冷靜，只可惜這話不敢說出口。

謝危半天沒有說話。

呂顯斟酌起來，暫時沒想好要怎麼開口。

然而過得片刻，竟聽謝危喚道：「刀琴。」

門外暗處角落裡的刀琴這時才悄無聲息地走了進來，抬眸望謝危一眼：「先生？」

謝危目光寂靜極了，只道：「探探公儀丞在哪裡，請人過府一敘。」

請公儀丞來？

呂顯忽然有些緊張，隱隱覺得謝危這話裡藏著一種異樣的凶險，沒忍住開口道：「你與他不是向來井水不犯河水嗎？」

謝危沒搭理，頓了頓，又道：「過後也找定非來。」

這下輪到刀琴詫異了。

謝危坐著巋然不動，誰也不知他在想什麼，只道：「該是用他的時候了。」

花街柳巷，秦樓楚館。

京城裡最出名的是醉樂坊，一到了晚上便是亂花迷眼，觥籌交錯，絲竹之聲伴著衣香鬢影，是個溫柔鄉，銷金窟。

不過眼下卻是大中午。

下過雪後的街道一派安靜，偶有出門為姑娘們跑腿的小廝丫鬟打著傘急匆匆從道上經過，留下一串腳印，又叩響各家妓館的後門。

醉樂坊紅箋姑娘的屋裡，一張軟榻上鋪著厚厚的貂皮，粉紅的紗帳被熏得香香的，軟軟垂落在地。花梨木的腳踏上散墜著兩件精緻的衣袍。

一口長劍連著劍柄歪斜著插在畫缸裡。

外頭也不知哪個丫頭端茶遞水時打翻了，惹來了媽媽厲聲刁鑽的責罵，終於將軟榻上睏睡懶起的人給吵醒了。

一條堅實有力的手臂從溫暖的錦被裡伸了出來，歪躺在軟榻上的男人慢慢睜開了眼，竟是一雙風流含情的桃花眼，目光流轉間透著點迷人的痞氣。

他盯著窗外透進來的天光看了許久。

紅箋姑娘早已經醒了，此刻便依偎在他身畔，輕輕地嬌笑：「公子好睡。」

作為醉樂坊的頭牌，紅箋生得是極好看的，此刻什麼也沒穿，光溜溜躺在人身側，只略略一觸碰便能勾得人心懷蕩漾。

那男子收回目光來看她，少不得又是一番雲雨。

身體的放浪，全然的放縱。

直弄得下頭那姑娘氾濫了，泣不成聲了，他才收了勢，仰臉時，有細汗從臉頰滑落，沾濕了突起的喉結，勾起一陣低沉而促狹的喟嘆。

事畢後，他喘了口氣，竟從軟榻上起了身，撿起腳踏邊散落的衣物往身上穿。

這時便可看出青年的身量很高，手臂與腰腹的線條都極好。

將那束腰的革帶紮緊時竟給人一種賁張的力量感，前胸的衣襟也未整好，有些散亂，以至於露出了一片結實的胸膛，汗津津地看了叫人臉紅。

紅箋身子軟得不行，撐著手臂半仰了身子起來看昨夜這位出手闊綽的恩客，有些酸溜溜地：「公子不多住幾天嗎？」

那青年撿起外袍抖了抖，眉目裡有種恣睢的放蕩。

他回眸看她：「京裡面待久了，同一個地方睡久了，只怕有麻煩找上來。」

紅箋不解：「難道您犯了事兒、殺了人？」

那青年一笑，把外袍披上了，玄青色上染著雪白的潑墨圖紋，倒是一派倜儻：「這倒還沒有。怎麼，捨不得我？」

紅箋嬌嗔：「都說妓子無情，實則最無情的還是你們這樣的男人，睡過人家就走。」

他一根象牙簪把頭髮也束了，卻重新向著軟榻走來。

粉紅的紗帳被他一掀，柔軟地舞動。

有那麼一片被風帶著，覆到紅箋面上，他竟俯身來，隔著這朦朧的粉紗，在紅箋兩瓣潤澤的香唇上吻了一吻，笑得有些邪氣不羈：「如果有人來這兒找我，妳便說我去城東『十年釀』找酒喝去了，明白？」

說罷他已轉了身，直接拿上了那畫缸裡的劍，也不從門走，竟直接把窗戶推開，一翻身便直接跳了下去。

外頭是茫茫的雪。

窗一開便被風裹著吹進來。

紅箋姑娘的視線隔了一層粉紗，饒是風月場裡混慣了，輕輕抬手一撫自己唇瓣，回想起方才那一吻來，都還有些心旌搖盪。人都走了，她還癡癡地望著那扇窗，沒回過神來。

來時是同周寶櫻一起，但回宮時周寶櫻已經被蕭姝等人叫走了，所以只姜雪寧一個。

手裡攥著燕臨給的那袋松子，她呆呆坐了半晌。

滿腦子裡都是謝危方才說的那句話，可她那時剛重生回來，對上謝危心裡只有恐懼，只疑心對方要殺自己這件事了，旁的還真不大能關注到。

這讓她絞盡腦汁也沒想出什麼有用的來。

所以想了一陣後，她忽然就皺了皺眉：她想謝危幹什麼？不管這人往日說過什麼，聽方才那一句話的口風，這人似乎是不會再向自己動手了，何況便是再給她一百個膽子，她也不至於背地裡出賣他給自己找事。如此算來，她其實已經安全了。

姜雪寧忽然就搖頭笑了一聲。

為勇毅侯府的事情沉重之餘，也終於從夾縫裡找到了一絲輕快。

車廂裡悶悶的。

她輕輕撩開窗邊車簾，讓外頭凜冽的朔風吹拂到自己面頰上，帶來一股令人戰慄的冰冷觸感，然後長長地呼出一口氣。

外頭行人俱絕。

商鋪也大多關了門沒開。

她看了一會兒，也透夠氣了，便將車簾放下。然而就是在車簾垂落這瞬間，竟有一匹高峻的白馬踩著白雪從她車駕旁跑過，馬上的人腰間佩劍，玄青長袍迎風獵獵飛舞，煞是恣意飛揚，一閃而過時那側面的輪廓卻是俊逸深邃……

蕭定非！

車簾垂落那一瞬，姜雪寧腦海中塵封的記憶陡然被觸發了，電光石火一片，幾乎立刻便重新掀起了車簾去看。

然而那匹馬已去得遠了。

眨眼沒了蹤跡。

連著縱馬而去的那人也沒了影子。

她於是疑心是自己的錯覺：上一世這位「定非世子」是在沈琅駕崩、沈玠登基後才現身京城，回到蕭氏的。這一世怎會這麼早便出現在京城呢？多半是自己看錯了吧。

掀開的車簾，終於慢慢放了回去。

只不過姜雪寧轉念間又忽然想到：這人是個實打實的壞胚。若能提前找到他，送他回蕭家騙吃騙喝，保管能搞得蕭氏一族雞飛狗跳，氣得蕭氏上上下下食不下咽……

從勇毅侯府回宮這段路不算長，沒一會兒便到了。

勇毅侯府出事，整座皇宮都透出一股肅殺冷凝來。

連仰止齋都比以往安靜。

侯府燕臨冠禮上發生的事情，所有伴讀都是看在眼中的：這一次可與以前小女兒家的口角完全不同了，姜雪寧這竟是公然站在侯府那邊，還敢對蕭氏的公子動腳，這無異於是宣布與蕭姝為敵了。便是素來要親近她一些的方妙都為難極了，不敢同她說話。似陳淑儀、姚惜這些與她結仇的，就更不必說了，雖不對她怎樣，可明顯也是隔岸觀火，就等著她倒楣了。時不時逮著機會，還要冷嘲熱諷幾句。

自從侯府回宮後，沈芷衣便沒上過課了。

是不是又受了罰誰也不知道。

連帶著奉宸殿這邊都有好幾日不上課，畢竟長公主殿下都不在，先生們難道給伴讀上課？

姜雪寧倒不在乎那幫人對自己如何，回宮之後一面掛心著勇毅侯府的安危，又擔心沈芷衣那邊的情況，吃不下也睡不好。

不過偶有一回路過，竟聽人說鄭保不在坤寧宮當差了。

於是她終於按捺不住，私底下使人找了個藉口叫鄭保出來見了一面，想問問情況。

鄭保如今已經在司禮監當差了，身上的衣服也換了一套，原本就眉清目秀，如今衣服一襯就更是好看了，只立在那宮牆下對姜雪寧道：「二姑娘便是不來找我，我也該來找二姑娘的。」

姜雪寧皺眉有些疑惑。

鄭保卻笑了笑：「家裡的事情，多謝姜侍郎大人從中周旋了。」

姜雪寧這才想起來，冠禮的時候她的確有同姜伯游說過，沒想到辦得這樣快，大約姜伯游也是怕此刻這般特殊的時局，她在宮裡孤立無援吧？

心底一時有些複雜。

可她也不居功，只淡淡道：「各取所需罷了。侯府的事情，如今什麼情況？」

鄭保如今在御前伺候，自然是很多事都清楚，便道：「連日來朝議都在爭論此事，鬧得沸沸揚揚。為著中書省大印的事情，褚希夷大人氣得犯了病，又被皇上革了職，新任的中書令則是聖上心腹。查抄侯府還有一應的東西要清點，塵埃落定只怕要些時候，說不準要拖到年後。」

上一世便是拖了有快兩個月才定下。

姜雪寧依舊覺出了幾分陰鬱，又問：「長公主殿下呢？」

鄭保道：「長公主殿下那個脾氣，您也知道，太后娘娘找人接她回宮本也是要教訓一番的。沒想到殿下回宮後竟先去了乾清宮，一番大鬧，質問聖上，引得龍顏大怒，親自罰她禁足宮中了。不過殿下畢竟是聖上親妹妹，不會出什麼事情，還請二姑娘放心。」

放心？這又哪裡放心得下？

姜雪寧苦笑一聲，道：「我知道了，多謝你了。」

宮裡如今也是風聲鶴唳，人人自危，因有內務府玉如意一案在，唯恐在這風口浪尖與謀反之事扯上什麼關係，無事都不敢出門。

姜雪寧見鄭保也是冒險。

她問完話便準備走，畢竟下午時候宮裡由蕭太后發話，叫上一干妃嬪，也叫了她們仰止齋的伴讀，要去吟梅賞雪，眾人都在準備，她若回去晚了難免惹人懷疑。

但沒想到，她腳步才一邁開，鄭保竟然將她叫住了：「二姑娘……」

姜雪寧轉身：「怎麼？」

鄭保張了張嘴，似乎猶豫了很久，終於還是開口提醒她道：「下午吟梅賞雪，您若避不開也要去，最好離披香殿的溫婕妤遠一些。」

姜雪寧頓時愣住。

她待要多問。

鄭保卻不再多言，向她躬身一禮，遠遠從宮牆下走開了。

第九十九章　蝴蝶效應

披香殿，溫婕妤。

披香殿姜雪寧是知道的，可要說什麼溫婕妤，那就沒有什麼印象了。聽著這個位分，在後宮裡也算不上是很高，能引出什麼事兒來？

從這個方向上去想，竟是毫無頭緒。

她的回仰止齋的路上只覺此事事關重大，便絞盡腦汁，乾脆逼迫著自己往另一個方向去想：上一世這時候發生過什麼大事嗎？

最大的事情就是勇毅侯府被抄家了。

那時她從侯府回來後渾渾噩噩，嚇得大病了一場，臥床了好幾天，在此期間只有臨淄王沈玠時不時還惦記著她，派個人來問候看看情況。

等她病癒，只聽說京中有人劫了天牢，皇帝盛怒如雷霆，懲治了京中很多官員，許多大臣都招來殺身之禍。

還有什麼嗎？

比如，事情已經過去了好些天，沈琅為何又突然雷霆大怒？

前兩日才下過雪，天氣早已轉寒，宮道上闃無人聲。

只有她輕輕的腳步聲，傳遞開去。

一念轉萬念跟著轉，腦海中倏爾劃過一道閃電，姜雪寧原本一直向前的腳步驟然停了下來，連著眼睛都一起睜大：除了亂黨劫天牢外，在她病著的那段時間裡，宮裡面似乎的確還出了一件放在別朝不算大可放在本朝尤其是沈琅在位期間絕對不算小的事……

回到仰止齋，眾人已經在為下午吟梅賞雪做準備了。

這一回姜雪寧沒病，自然不能再抱病不去。

所以也只好收拾了一身素淨的衣裳，系上粉藍的披風，在爭奇鬥豔的眾人之中，剛好處於中等，既不至於因為太出格被人注意，也不至因為太寒酸特別打眼。

她神情看著與往日無異。

旁人與她同在一個屋簷下也沒多久，倒看不出什麼來。

可姜雪蕙怎麼說也是她的姐姐，就算兩姐妹平時有過節，也算得上有些瞭解，不知怎的看著她覺得她面上籠著一層陰翳，在去往梅園的路上悄悄轉過頭來看了她三次，眉頭也微微蹙起，但一想兩人的關係，終究沒問。

姜雪寧便樂得輕鬆了。
梅園裡栽種的各式梅花，這時已經到了盛放的時候。
前兩日的雪還沒化乾淨，堆在梅樹下，是青天白雪映紅梅，煞是好看。
後宮裡以蕭太后為首，人基本都到了。
梅園東南角的看雪軒裡，仰止齋的大部分伴讀，在入宮這麼久之後，終於算是第一次真正見到了皇帝的後宮，天子的妃嬪。
最上首坐的乃是蕭太后。
下面是精心打扮了一番的鄭皇后，更下面則是妝容一個比一個精緻嬌豔的妃嬪，頂個都是大美人，或冷媚或慵懶，姿態萬千，有的說話低聲細語，有的則爽朗大方。
乍一看，實在是令人欽羨。
當皇帝的三宮六院，妃嬪無數，當真可以說是享盡齊人之福了。
姜雪寧到時抬起頭來一看，沒忍住輕輕皺了皺眉，心裡面著實有幾分鄙夷。臨淄王沈玠倒不是什麼縱欲之人，但他兄長沈琅在位時卻是個會享受的，曾有大臣看不下去，上過奏摺規勸他「戒之在衽席之好」，話說得已經不算委婉了，可沈琅哪裡會聽？反而惱羞成怒，過沒多久就找個藉口把這大臣調出京去了。
子嗣艱難，這能不艱難嗎？
還好他有個皇弟沈玠，從小關係不錯，的確有幾分長兄如父之感，且沈玠也的確聽話，所以一直以來朝中的傳聞都是皇帝無子嗣便立皇弟為儲君，以堵天下悠悠眾口。

這些個妃嬪，姜雪寧認得的並不很多。

根據上一世她鮮少的接觸來看，頂多知道坐在皇后右手邊那個戴著華貴點翠頭飾頗有幾分慵懶之態的乃是如今後宮中正受寵的秦貴妃，再下頭還有淑妃、賢妃兩位，別的位分更低的卻是一概不識了。

更別提什麼溫婕妤。

鄭保有言警告在先，她一路上過來都記著，隨同眾人入內行禮拜見時便有意無意落在後面，禮畢後落座便也自然地居於末座，自然離那眾位妃嬪遠了些。

蕭姝十分隱晦地看了她一眼。

姜雪寧恍若未覺。

眾位伴讀進來後，後宮中這些妃嬪看著這些年輕未及笄的姑娘，眸底神色便是各異，倒是鄭皇后向來不大受寵，大約也見慣了宮裡新人換舊人的場面，更何況這些年輕姑娘不是入了後宮只是伴讀，是以神情是最自然和善的一個，還主動提起了另一件事：「前些日聖上曾對臣妾提起為臨淄王殿下選妃的事情，說殿下更多還是少年意氣，也是時候讓殿下成家立業，如此便可穩重些。殿下與聖上皆是太后娘娘所出，這一回怕又要為殿下勞心勞神，仔細相看了。」

今日的蕭太后早沒了前些日那些陰沉的臉色，畢竟如今朝上發生的事情，幾乎件件合她心意，因而春風滿面，整個人看著甚至顯得年輕許多。

鄭皇后這話說來也是討她歡心。

臨淄王終於要選妃，也就意味著要成家立業，對蕭太后這個做母親的來說自然是個好消息，所以竟難得沒有挑鄭皇后的刺，反而笑著道：「此事雖有禮部操辦甄選，可嫁娶之事男人家怎會比女人家懂？皇后主理後宮，內外命婦都在走動，也要多為殿下留心一些才是。」

鄭皇后倒有些受寵若驚起來，忙道：「臣妾一定竭力盡心，也盼著殿下娶一位稱心的王妃。」

坐在下方的秦貴妃懷裡抱著精緻的手爐，聞言卻是撩起眼皮，意態懶洋洋地往最角落裡那幫仰止齋伴讀看了一眼，拉長了聲音打趣：「要臣妾說啊，哪兒用得著那樣費勁兒？喏，滿京城最有才學最有樣貌的好姑娘不都坐在那邊嗎？要我說啊，長公主殿下選這伴讀實在是一舉兩得，其實都省得再去甄選了。只怕咱們的臨淄王妃，眼下就在這裡呢。」

這話不是受寵的不敢說。

說出來之後，蕭太后的目光便落到了她身上，也向眾位伴讀那邊看過去，卻是不動聲色：「這誰說得準哪？做長輩的也不過就是把把關，要緊的還是他喜歡。行了，都別陪著我這老婆子說話了，趁著今冬第一場雪，難得出來走動，都多去看看吧。」

有關於臨淄王沈玠選妃這個話題便被輕輕帶了過去。

眾人自然都不敢再說什麼，三三兩兩起身往梅園去。

一時梅花開得冷豔，人在花中也顯得更加嬌媚。

秦貴妃也搭著宮人的手起身款步往外走，坐在稍靠邊上的一名瓜子臉、穿淺紫色宮裝的妃嬪便也跟著起了身，竟是自覺地跟在她身後。

接著秦貴妃一打量，竟在姚惜面前停了下來。

她難得笑得和和氣氣的：「打妳剛進宮本宮便想找妳說說話，畢竟我母親常提起妳母親。表姑母近來可還好？」

姚惜的母親同秦貴妃的母親乃是表親，她剛入宮的時候也曾聽父親提起過，但俗話說得好，「一表三千里」，姚惜入宮從來不敢像蕭姝一般高調，畢竟這中間的姻親關係太淺。

甚至都未必指望人記得。

她完全沒想到今日第一次見著，這後宮中最是受寵的貴妃娘娘竟走到她面前來主動說起此事，不由心頭一熱，忙行禮道：「前些日出宮看過，家母身體康健，勞貴妃娘娘記掛了，見過貴妃娘娘。」

話說到這裡，忽地一頓。

姚惜眸光一抬就看見了立在秦貴妃旁邊那名妃嬪，略一回想後神情有些冷淡下來，但也按著規矩道禮道：「見過溫婕好。」

邊上也正要起身思考去哪裡避禍的姜雪寧聽見這三個字，簡直心頭一跳，想也不想就直接拉了身邊的方妙，道：「我們一起下去看看吧。」

方妙愣神。

姜雪寧已經拉著她的手直接從看雪軒裡走了出去，根本不回頭看上一眼。

那秦貴妃剛拉上姚惜，目光一掃似乎還準備叫上別人一道，但沒想到轉頭一看，末尾的位置上已然空空如也，臺階下只能看見兩道遠遠的背影。

這時若再叫人，就顯得有些刻意了。

秦貴妃那精心描摹的細眉輕輕一挑，向一旁並未走出去的蕭姝看了一眼，遞了個「愛莫能助」的眼神，便毫無破綻地帶著她身邊那稍顯怯懦沉默的溫婕妤和剛說上話的姚惜一道走了出去。

方妙被姜雪寧拉著走出一段時候，還沒有回過神來，沒忍住回頭看了一眼，眼神中便露出了幾分思索，竟湊近了姜雪寧問：「怕有人害妳？」

姜雪寧腳步一頓，瞳孔微縮。

方妙手指裡把玩著一枚有些古舊的銅錢，笑了笑，有些得意地道：「宮裡面的事情左右不這樣嗎？查抄仰止齋那回妳把太后娘娘得罪得那麼慘，眼下又是後宮一幫女人，我要是妳我也躲得遠遠地。」

原來她不知道。

姜雪寧放鬆下來，撥開前面一條垂下的梅枝，也笑道：「妳也知道我近來處境算不上好，小心駛得萬年船嘛。」

方妙心有戚戚：「是該如此。」

方妙固然也是花了些心思才選入宮裡當伴讀來的，但那是因為與家裡面的姐妹較勁兒，爭個頭臉，將來嫁娶時能說是入過宮當過長公主殿下的伴讀，自然風光。

可她從沒想過留在宮裡。

在眼下這種有後宮嬪妃在的場合，她也與姜雪寧一般，不願意掐尖冒頭，恨不能躲那些是非遠遠的，是以樂得和姜雪寧到處走動，也不到那些娘娘們身邊湊熱鬧。

眼瞧著大半個時辰過去，梅園裡歡聲笑語，什麼事情也沒發生。

姜雪寧不由想，也許是想多了。

這種事情哪兒能在光天化日之下做呢，那不也太明顯了？

然而這念頭才一出，遠遠地梅園西南角那頭忽然傳來了一串驚呼，緊接著就有人叫喚起來——

「老鼠，老鼠！」

「娘娘您沒事吧？」

「姚小姐怎麼回事，這般不小心……」

……

宮人們尖叫的聲音明顯，遠近賞梅看雪的人都聽見了，一時全都驚疑不定，朝著聲音的來處去看情況。

姜雪寧不由同方妙對望了一眼。

兩人也遠遠跟在眾人後頭朝著那邊走去，待得走近時便看見，是秦貴妃、溫婕妤和姚惜幾個人，大約是賞梅時候瞧見了老鼠，都嚇得不輕，那瘦瘦小小的溫婕妤更是摔到了雪地上，宮人們都七手八腳上去扶，秦貴妃更是皺起了眉頭，輕輕埋怨起姚惜來。

姚惜張了張嘴，似乎有些驚訝，想要辯解什麼的樣子，但一看秦貴妃又沒說出口，只得站在一邊，有些驚惶模樣。

看宮人去扶溫婕妤，她也待去。

溫婕妤在這後宮中位分不算高，又看秦貴妃待姚惜好，還笑了笑道：「姚小姐不必介懷，誰都有嚇住的時候，我身子骨禁摔，沒大礙。」

她這麼一說，姚惜便鬆了口氣。

然而溫婕妤才剛剛起身來，臉色便白了一些，似乎覺得腹內有些不適，竟然伸手捂住了自己的肚子。

宮人嚇了一跳：「婕妤怎麼了？」

溫婕妤的神情間還有些茫然：「腹內好像有些不舒服……」

她自己還沒意識到，但周遭的妃嬪們已是悄然色變。

然而眾人面面相覷，竟無一個在此刻開口說話。

溫婕妤微微用力扶著丫鬟的手，這一下又覺得方才那種不適的感覺沒那麼強了，好像好了很多，便又笑起來，道：「沒什麼大礙，還是繼續看梅花吧。」

姜雪蕙是同周寶櫻等人走在一起的，瞧見這一幕卻是目光閃爍，沒忍住道：「婕妤娘娘滑了一跤，衣裳都打濕了，還沾了雪泥。天冷風寒，便是鐵打的人也扛不住，您還是先回宮換上一身暖和衣服，再叫太醫看上一看喝些熱湯去去寒，再說賞雪的事吧。」

她望著溫婕妤，目光裡很是認真。

溫婕妤這時似乎終於意識到了什麼，身子輕輕地抖了一下，卻是更為瑟縮起來，不由看向秦貴妃道：「這位小姐說得也在理，我都忘了，這便回宮換身衣裳再來，失禮了。」

眾人都連忙出言關切她，叫她趕緊回去。

姜雪寧卻是望著這溫婕妤的背影，心底發寒。

果然，溫婕妤走後還沒兩刻，便有小太監急急跑到梅園裡，擦著頭上的冷汗來稟告：「不好了！啟稟太后娘娘，皇后娘娘，溫婕妤見了紅，太醫診治是有了身孕！」

整座看雪軒內頓時一片倒抽冷氣的聲音。

姚惜更是臉色煞白，一個不小心打翻了桌上的杯盞。

然而已經沒人能注意到她的失態了。

上一世的聽聞與這一世的所歷，竟真的又對上了。

然而從聽聞到親歷，感受卻是渾然不同。

上一世姜雪寧抱病之後只是極其偶然地聽說後宮裡有個位分不高的妃嬪小產，沈琅知道之後暴跳如雷，那一陣在朝堂上遷怒了很多人，一有觸怒便革職，引得朝臣們頗多非議。

可她不知這妃嬪到底是誰。

如今這一世卻幾乎親眼所見，再想到先前秦貴妃帶著溫婕妤去叫姚惜，只覺寒氣都襲上身來。

出了這樣的事情，什麼吟梅賞雪自然都黃了。

眾人回到仰止齋後，都不說話。

連前日還對姜雪寧橫眉冷對、冷嘲熱諷的姚惜，這會兒像是被人抽了魂似的呆坐下來，好半晌都沒說話，陳淑儀上來溫聲安慰，她竟兩手捂臉，一下恐懼得大哭起來，連連道：「我也不知道，不是我撞的，是有人在後面撞了我……不關我的事……」

誰不知道當今聖上沈琅子嗣稀薄？

年將而立，膝下無子。

這後宮裡連個皇子都找不出來，妃嬪們攢足了勁兒地想要為皇帝誕下長子，也許皇上一個心情好便封為了儲君，從此母憑子貴，要風得風要雨得雨。

奈何肚子就是沒動靜。

到如今朝堂上的確傳出了要立臨淄王為皇太弟的消息，可畢竟八字還沒一撇，若真有皇子降生，事情必定有變化。

偏偏竟遇上溫婕妤這事兒！

若讓聖上知道……

姚惜想起來，忍不住渾身顫抖，哭得更大聲了。

蕭姝坐在一旁皺眉，道：「妳怎麼這麼不小心？」

還有人寬慰：「只等等消息，看婕妤娘娘有沒有事吧。」

姜雪寧靜默地看著不語，上一世的她是知道答案的：後來都輪到沈玠登基，何況她當時的確聽過後宮有這傳聞，溫婕妤腹中的孩子多半是沒有保住。

姜雪蕙卻似乎有些憐憫，輕輕嘆了一聲。

接下來便沒誰說話了。

仰止齋中只聽見姚惜那悲切惶恐的哭聲，攪得人心煩意亂。

到天色將暗時，終於有一名前去打聽消息的宮人跑了回來。

蕭姝立刻站起來問：「怎麼樣？」

姜雪寧也看了過去。

那宮人喘著氣，目光裡竟是一片的激動與振奮：「保住了！婕妤娘娘的胎保住了。太醫院的大人說是發現得早，受寒也不深，萬幸沒出大事，只是往後要格外小心！」

什麼？

保住了……

姜雪寧腦袋裡忽然「嗡」地一聲，心裡有一種說不出的感覺，不由霍然回首向著姜雪蕙看了過去——

並非她不同情溫婕妤。

只是此時此刻的震驚遠遠超出了她的預料，甚至根本沒去料想溫婕妤這一胎能夠保住！

直到這時候她才意識到：這一世和上一世，是有這巨大的不同的。上一世她入宮成為伴讀後，根本不知道自己有蕭姝這個潛在的對手，在宮中也不合群，更沒有與沈芷衣成為朋友，也就根本沒有引姜雪蕙入宮這件事！那麼上一世賞梅的時候，是沒有姜雪蕙在的；而這一世，她不僅在，還出言讓溫婕妤早些回去找太醫……

不同了，完全不同了！

如果溫婕妤這一胎保住，如果孩子順利誕生，再如果生下來是個男孩兒，那從今往後所發生的一切，與上一世相比，都將是天翻地覆！

第一百章　驚世駭俗

近暮時分，兩名大臣走在宮道上。

回想起方才御書房中所議之事，卻都有些沉默。

過了許久，眼看前後無人，才有人開口。

「您說謝少師當時少說的那一個字，是有心呢，還是無意呢？」

「這誰能知道。」

「可我琢磨著當時雖沒人提，但該不只咱們聽出來了吧？」

「那不廢話嗎？」

「可怎麼沒人在朝上提呢？」

「你怎知沒人提？」

最先說話的那人心頭陡地一凜，似乎思考了起來，震了一震。

另一人卻拍了拍他肩膀。

彷彿是寬慰，卻問：「你既也聽出來了，為什麼不在朝上提呢？」

那人回道：「我心裡覺著，侯府太可憐了些……」

另一人便嘆了口氣：「唉，這不就是結了嗎？」

那人還是有些沒想明白：「我只是不懂謝少師，到底是為了什麼？」

另一人笑一聲：「你覺著謝少師是什麼人？」

那人不假思索道：「朝中能臣，社稷棟梁，運籌帷幄，深謀遠慮。」

另一人便道：「那你覺著他會說這種話為自己惹禍上身嗎？」

那人便愣住了。

這種事正常人想來都不會做，更何況是智計卓絕的謝危呢？

往深了一琢磨，也不知怎的便覺得有些冷意。

風冷了，兩人都將手揣進了官服的袖子裡，漸漸靠近了宮門，出宮去了。

御書房中卻還聚集著內閣一幫大臣。

天色暗下來，燈盞已經點上了。

周遭亮堂堂的一片，明亮的光束照在沈琅那一張陰晴不定的臉上，雙目卻緊緊盯著案上這幾份打開的書信——從勇毅侯府抄獲的書信！

朝中真正說得上話的幾位內閣輔臣，都垂首立在下方。

微微晃動的光亮讓他們拉長在地上的影子也跟著晃動。

內閣首輔嚴庭年事已高，眼皮耷拉著，已經有些睏倦，看沈琅盯著那幾封書信很久，掐算著快到宮門下鑰的時間了，眼見旁邊其他人都不開口，心裡只好嘆了一聲，自己先開口道：「這些書信都來自勇毅侯府與平南王逆黨的聯繫，說不定只是為掩人耳目，也有可能是侯府受了逆黨的蒙蔽，二十年前的事情了，豈有這樣言之鑿鑿的？」

定國公蕭遠自打在查抄侯府時看見這幾封書信，便心神不寧，這幾天幾夜來都沒睡得太好，以至於一雙眼底全是紅紅的血絲，看上去甚是駭人。

聽見嚴庭說話，他按捺不住，幾乎立刻就上前了一步。

此時聲音裡明顯有些惱怒：「嚴閣老說的是，侯府與逆黨有聯繫乃是事實，二十年前平南王圍京之變，我那孩兒七歲不到的年紀早就慘死亂黨刀下！逝者已逝，他燕牧又不是不知道平南王與天教逆黨乃是致我蕭氏骨血於死地的元凶，明知如此還與虎謀皮，心腸何等歹毒，其心可誅也！這些書信不過是為與平南王逆黨的聯繫找些藉口罷了，實則暗中勾結逆黨，意圖謀反！」

「夠了！」

出人意料，沈琅今日的耐性似乎格外不足，才聽得二人說了幾句，竟就直接用力地拍了一下桌案，面沉如水，聲音裡透出些許陰森。

「書信往來是假最好，可平南王逆黨之所言假若是真又當如何？」

蕭遠對上了沈琅的目光，想到假若那孩子真的沒有死，假若還真的被天教教首帶走，這一瞬間忽然激靈地打了個寒戰！

御書房中幾乎都是朝中老臣，對二十年前那樁宮廷祕辛便是沒有親耳聽聞過，可憑藉蛛絲馬跡也有自己的推測。

眼下聽沈琅之言，卻是個個噤聲不敢說話。

外面寒風吹著窗戶，拍打著窗紙，嗚咽有聲。

眾人的影子黑漆漆投在牆上。

此時此刻此地，竟不像是議事的禦書房，倒像是廢棄的深山古剎，風聲奔流，馳如山鬼夜哭，平白叫人覺著會有已經封入棺槨的亡魂從墳墓裡踩著滿地鮮血出來向活人討債！

謝危靜靜地立在角落，陰影將他的身形覆蓋了一半。

眾人都不說話了。

沈琅終於想到了他，將目光轉過去，望著他道：「謝先生怎麼看？」

謝危這時才抬眸，略略一躬身，卻是道：「二十年前平南王逆黨之事，臣不甚清楚，倒不知這書信有何問題。想來若定非世子還活在世上，是老天憐見，當恭喜國公爺又有了愛子消息才對。」

他說到這裡時，蕭遠一張臉近乎成了豬肝色。

禦書房中其他人也都是面色各異。

但緊接著一想也就釋懷了：謝危乃是金陵人士，自小住在江南，直到二十歲趕考才到了京城，對這一樁陳年舊事自然不清楚，這樣說話，本沒有什麼錯處。

謝危說完還看了看其他人的臉色，也不知是不是覺著自己不知此事不便多言，便將話鋒一轉，道：「不過臣想，當務之急只怕還不是追究這幾封信。臣今日有看北鎮撫司那邊上了一道摺子，說在京城周邊的村鎮上抓獲了一批天教傳教的亂黨，有三十人之多，不知該要如何處置？」

沈琅一聽便道：「抓得好！」

他站了起來，背著手在禦書房裡踱了幾步，道：「便將他們壓進天牢，著刑部與錦衣衛交叉輪流，一定要從他們嘴裡審出東西不可！勇毅侯府逆亂，天教亂黨在京城外，絕不是什麼巧合！」

謝危於是道：「是。」

沈琅還待要細問。

但這時候外頭來了一名太監，附到司禮監掌印太監王新義的耳邊說了幾句話，王新義眼睛都瞪大了，一臉的驚色與喜色，忙問了一句：「當真？」

太監輕聲道：「太醫院確定保住了，皇后娘娘才讓來報，當真。」

沈琅便皺眉問了一句：「何事？」

王新義眉開眼笑，手裡拿著拂塵，走上來便向沈琅拜下，高聲道：「恭喜聖上，賀喜聖上呀！」

沈琅一怔。

禦書房裡眾位大臣的眼神更是落到了王新義身上。

王新義便道續道：「披香殿溫婕妤娘娘有孕，太醫院剛剛診過的脈，皇后娘娘著人來給聖上您報喜呢！」

沈琅整個人臉上的表情都變了，有一種不可置信地狂喜，竟沒忍住用力地抓著王新義問：「當真，當真？」

王新義道：「當真，您去看看可不就信了？」

這一刻沈琅哪裡還記得什麼國家大事？

抬手一揮，直接往禦書房外面走：「擺駕披香殿！」

竟是將一干大臣全都撇下了，帶著浩浩蕩蕩一群太監宮女，徑直往披香殿去。

禦書房裡留下的大臣頓時面面相覷，只是回想起方才聽到的消息，卻又都是神情各異。

謝危的眉頭更是不知覺地蹙了一蹙。

陰影覆在他面上，誰也沒瞧見這細微的神情。

慈寧宮中，蕭太后終於重重地將手爐扔在了案上，一張臉上絲毫沒有得知妃嬪有孕且保住了孩子之後的喜悅。蕭姝就立在下方，臉色也不大好。

蕭太后咬著牙關道：「這麼件事沒能一箭三鵰也就罷了，偏偏是連最緊要的那一點都沒能辦到！」

蕭姝不敢頂撞，對著這位姑母多少也有些敬畏，回想起梅園中發生的那一幕，只覺心底都沁出些涼意來，姜氏姐妹的面容交疊著從她腦海中劃過。

她垂下了頭。

倒沒有太過慌亂，只是靜靜地道：「原以為姜雪寧才是個不好相與的，沒想到，真正棘手的是她姐姐。」

蕭太后有些惱羞成怒：「妳先前說，玠兒所藏的那繡帕，極有可能是這姜雪蕙的？」

蕭姝淡淡道：「八成是。」

蕭太后冷冷地道：「都是些禍害！」

❀

溫婕妤有孕的消息像是長了翅膀一樣，一下午就飛遍了整座後宮，人人雖不敢明面上議論，可大家相互看看臉色卻都是有些異樣。

聖上可還沒有皇子啊。

誰也不敢想溫婕妤這一胎若是一舉得男，將會在整個後宮造成怎樣的震盪。

姜雪寧她們所在的仰止齋畢竟不是後宮，也就知道點表面消息，聽說溫婕妤立刻升了昭儀，聖上賜下來大批的賞賜全流水似的送進了披香殿，太醫院上上下下更是被聖上親自喊過去教訓，要他們從此盡心伺候溫婕妤這一胎。

不，現在該叫溫昭儀了。

得知溫昭儀這一胎沒出事，姚惜整個人都鬆了口氣，跟虛脫似的差點腿一軟倒在地上。

眾人都安慰她說，沒事了。

姚惜才又發洩似的大哭了起來。

姜雪蕙則是皺著眉頭，冷眼旁觀。

夜裡回房的時候，姜雪蕙倒和姜雪寧一個方向，走在了一起。

寒風裡宮燈在廊上輕輕晃動。

姜雪寧仔細回想著白日裡這位姐姐在梅園之中的敏銳，不得不佩服這才是孟氏所教導出來的世家小姐，心思實在敏銳，便道：「姐姐這一回可要如願了。」

姜雪蕙也發現自己這位妹妹從幾個月前開始似乎就變得比以前聰明了許多，被她看破一些事情，實在也在意料之中，但並未有任何心虛，只道：「縱然我也有所圖，可畢竟也算救人一命。若心中有數卻袖手旁觀，那才是造孽。如今這般，也能算是兩全其美吧。」

她倒是半點也不否認自己有私心。

姜雪寧道：「溫昭儀必定記得妳，聖上若知此事只怕也要賞賜，不過妳這般也算得罪人了。」

姜雪蕙倒是看得開：「有所求必有所捨，人活世上，哪兒能讓每個人都看得慣自己呢？得罪便得罪吧。」

姜雪寧便笑了一笑。

她的房間靠前面一點，這時已經走到了，便停下腳步，望著姜雪蕙道一聲「那便要祝妳好運了」，然後也不多言，推開自己房門便走了進去。

一如姜雪寧所言，不過是次日中午，就有一幫太監急匆匆捧著各式的賞賜來到仰止齋，一些是溫昭儀給的，另一些卻是來自皇帝沈琅的嘉獎，稱讚姜雪蕙聰明仁厚。

那賞賜豐厚，看得人眼睛發紅。

然而與之相對的卻是聖旨上另一句話，半點也不留情地責斥昨日同在場中且同為仰止齋伴讀的姚惜，膽小失儀險些累得溫昭儀腹中皇嗣出事，命她即刻收拾東西出宮，竟是直接下旨將她逐出了伴讀之列！

昨日還以為自己已經逃過一劫的姚惜跪在地上接旨時，整個人都懵了。

傳旨的太監一走，她才站起來走了兩步，腦袋都是昏沉的。

眾人都不知該怎樣寬慰。

畢竟被選入宮中做伴讀這件事有多不容易，眾人都知道。可如今竟然被聖上下旨責斥逐出宮去，傳到京中高門，可算是丟盡了臉，往後名聲都壞了，還怎麼嫁人？

姚惜恍恍惚惚，腳步虛浮。

眾人只看得她走到門前，要抬腳跨過那門檻，身子卻晃了一晃，竟然一頭栽倒下去！

「姚姑娘，姚姑娘！」

一時眾人都驚慌不已，連忙搶上去扶人。

姜雪寧卻懶得做這表面功夫，只冷眼在旁邊看著：姚惜與尤月旁若無人地謀劃，欲毀張遮名聲以達成退親目的，蒙心害人之時，可曾想過會有今日的下場？

因果相繫，活該罷了。

她的目光從眾人身上轉開，卻是看向了這流水閣中另一個並未搶上前去扶人的人——蕭姝。

蕭姝與姜雪寧對視了片刻，卻是向立在眾人邊上不顯山不露水的姜雪蕙看了一眼，唇邊的笑意淺淺地，道：「阿惜的運氣真是不好啊。」

姜雪寧心底冷笑起來，面上卻只附和道：「是啊，很不好呢。」

這件事哪兒有面上看那麼簡單？

香囊那件事時，蕭姝便有意要除姚惜了。賞梅時秦貴妃主動拉了姚惜去，不久後出事姚惜面色不對，明顯是想要反駁秦貴妃但不知從何駁起也不敢。接下來姜雪蕙出言提醒，溫昭儀回宮才知自己有孕。

一個精心謀劃的局！

是有人比溫昭儀更早地知道了她有孕的事情，既要借此除掉溫昭儀的孩子，還想要順手除掉姚惜，沒能捎上自己，可能還令這一局的籌謀者有些扼腕呢。

當然，溫昭儀腹中孩子無事，這恐怕才最令背後之人如鯁在喉！

只是此事中間牽扯的實在是太多了，若往深了去追究還不知要陷多深。

姜雪寧實不願涉足其中。

這一世有姜雪蕙去攪和就足夠了，她權當什麼也不知道，只明哲保身，防備著別人害自己。

宮裡面著實熱鬧了一陣。

聽說沈琅樂得大宴群臣。

這大約能算是姜雪寧在百般危困之中聽到的唯一一個好消息：因為引姜雪蕙入宮，意外改變了溫昭儀的命運，進而保住了溫昭儀的孩子，皇帝的心情也沒有變壞，也許處理起前朝的事情，比起上一世來多少會仁慈一些。

只是不知前朝的人是否能抓住這個機會……

畢竟，後宮危險重重，溫昭儀的孩子能保多久，還是個未知數！

一則樂陽長公主沈芷衣尚在禁足之中，二則仰止齋中出了姚惜這麼件事，三則勇毅侯府出事宮內外都不平靜，溫昭儀受封賞後沒兩日，宮中便暫時遣散了仰止齋眾伴讀，讓先回家去，等長公主殿下禁足解除了再入宮中。

但獨獨留下了姜雪蕙一個。說是溫昭儀娘娘交代的，請姜雪蕙去披香殿住上幾日，說話解悶。

明擺著這是因為梅園那件事得了溫昭儀的青眼。

眾人也羨慕不來。

得了命後，便都收拾行囊出宮。

旁人多少有些忐忑難安，姜雪寧卻為此長舒了一口氣。旁人出宮後都回府了，她想起的則是勇毅侯府危難之際只怕也正是用錢之際，心念一轉，便吩咐車夫先打道去錦衣衛衙門。

今日正該周寅之當值。

一見到她來便知道她目的何在，親自將閒雜人等摒退，以探監的名義帶著她去了尤芳吟的牢房。

尤芳吟正對著那一扇窗透進來的天光讀書。

姜雪寧以為與往日一樣，看的該是帳冊，沒想到走過去一看竟是一本《蜀中遊記》，看名字像是介紹蜀地風土人情的。

她頓時有些驚訝：「怎麼忽然看起這個來？」

尤芳吟識得的字不多，因此看得很吃力，但也格外全神貫注，姜雪寧走到身邊來她才察覺，還嚇了一跳。然而下一刻便喜笑顏開。

姜雪寧從未在她面上看見過這樣燦爛的笑容，一時還有些怔忡。

尤芳吟咬了咬唇，道：「上回二姑娘說的是，芳吟仔細想了想，已經找到法子了，順利的話不出兩月便能離開伯府。」

姜雪寧愣住：「當真？」

尤芳吟睜著眼睛，用力地點了點頭。

姜雪寧還有點反應不過來，下意識道：「什麼法子？」

這一時，尤芳吟似乎有些忐忑，面頰上也忽然殷紅一片，聲音細如蚊蚋地說了什麼：「就是……」

姜雪寧沒聽清：「什麼？」

尤芳吟終於鼓起了勇氣，聲音變得大了些：「我要嫁人了。」

「……」

姜雪寧感覺自己被雷劈中了，眼皮直跳，有一種不祥的預感。她一句話也說不出來。

尤芳吟卻生怕她誤會，連忙擺手解釋：「您別擔心，我找的是蜀地那位任公子，不是真嫁人，是假成婚，我同他立了契約，待到蜀地之後便可和離。屆時芳吟便是自由之身，可以離開伯府，安心為您做事了！」

立契約，假成婚！

姜雪寧目瞪口呆，不敢相信自己聽見了什麼：這驚世駭俗的法子只怕便是她上一世所認識的尤芳吟都不敢想吧！膽子也太，太……

第一〇一章　丈母娘心態

驟然得聞消息，姜雪寧一時難以消化。

呆滯了好半晌，她才用一種做夢般的語氣，喃喃問道：「怎麼回事……」

尤芳吟這才講述了前因後果。

整個事情其實一點也不複雜。

在上一次聽姜雪寧分析過她在家中的處境之後，尤芳吟便忍不住冥思苦想，有什麼辦法能讓自己安全地離開伯府。逃跑之後也許會被抓回來，下場更慘；單獨立一戶，她還沒有這樣的能力，更別說是「女戶」了。想來想去，自然而然就想到「嫁人」兩個字上。

找個人嫁出去不就能名正言順地離開了嗎？

可找誰來娶自己呢？

再有，規矩歷來是「在家從父，出嫁從夫，夫死從子」，若是嫁出去後與在家中是一樣的狀況，甚至比家中還要糟糕，那豈不是白費功夫？

所以，假若這個娶她的人夠好，或者夠配合，是最好不過的。

那天晚上，尤芳吟便把自己認識的所有男子的名姓都寫在了紙上，一個個地想，甚至包括伯府門房家的老大王安。

然而他們都不可能。

最終留在紙面上沒有被劃掉的名字，只有一個，那便是：任為志。

看著這個名字，尤芳吟一雙眼越來越亮，腦海裡做了一番構想之後發現，以她有限的交友來看，再沒有比這個更合適的人選了！

第一，任為志缺錢，有求於她；

第二，遠居蜀中，嫁出去之後便能遠離伯府的視線；

第三，她姐姐尤月也正想要入任為志鹽場的乾股；

第四，任為志像是個好人。

她從來知道自己沒有聰明的腦子，只能用這種極其笨拙的方法把自己所能想到的理由一個個地寫下來，然後將這一頁紙壓在心房上，一晚上睜著眼睛也沒能入睡。

因為，她心裡生出了一個前所未有的、大膽的計畫！

只要能離開伯府，就是好事；只要能為二姑娘做事，就是好事。

什麼女誡家訓，世人議論，哪裡又能顧得了呢？

於是，在與任為志談鹽場生意的那一天，尤芳吟也與他談了一樁關於終身的生意。

姜雪寧直到現在都還有些沒緩過神來：「任為志什麼反應？」

尤芳吟臉頰有些紅了，似乎不大好意思，聲音也小了下來，道：「好像愣了很久，也不大敢相信。可我手裡畢竟有姑娘您給的錢，他不認人也得認錢吧，所以在屋裡面走了好幾圈之後，還是坐下來問我原委了。我便一五一十地告訴他了。」

說到這裡時她想起什麼，忽然連忙擺了擺手。

「不過跟姑娘您有關的事情我一句話都沒有提，他也還不知道。最後走的時候同我說，便是要假成婚，也是終身大事，不敢兒戲，更不敢莽撞地答應了我。所以叫我將此事放上幾日，一則他需要冷靜下來考慮考慮，二則也希望我回去之後仔細想想，若我幾日之後還不反悔，他才敢說答應不答應的事。」

這般聽來，任為志倒是個君子了。

姜雪寧想也知道，萬兩銀票在前，娶了這麼個傻姑娘，鹽場便大有起死回生的機會，而且芳吟長得也不賴，性情也好，儘管在伯府處境不好，可論出身也算是官家庶女，配他一個商人出身綽綽有餘的。

想想答應下來無甚壓力。

可這人還盡力勸尤芳吟回去再想想，算是不差。

只是想歸如此想，她終究從未聽說過這樣的事情，心裡的擔憂壓過了其他，又問：「現在他答應了？」

尤芳吟點點頭：「答應了。」

她還補道：「他家中並無父母，事情皆是自己一個人說了算。已經同我說好，成婚後便是名義夫妻，不敢相犯，也不必強要半年這樣久，待到了蜀中安頓好之後，只要我提便可和離；若一時半會兒沒能安頓好的話，便先住在他家宅之中，待安頓妥當再說。我同他已經立字為據，就看什麼時候去提親了。」

尤芳吟在伯府只是個不受寵的庶女，只怕家裡人都不會在她的親事上多花時間。

伯府內裡如何，她略有瞭解。

且尤月也指望著從任為志這裡賺錢，大約會借這一樁親事索要一點什麼，那也沒關係，都給她就是，事情並不難辦。

姜雪寧久久無言。

她忍不住用一種沉默而驚嘆的目光注視著眼前這在外人眼中木訥、膽小甚至有些笨拙的姑娘，一時竟忽然想起了兩個詞：大智若愚，內秀於心。

可轉念一想，若尤芳吟的確是個計較得失、瞻前顧後的「機敏之人」，只怕是一輩子也不可能做出這樣膽大的決定的。

越是一根筋的人，越容易做出非常之事來。

今日她來，本意是想問問任為志那邊的事情辦得怎麼樣了，可卻被這消息當頭炸過來，以至於接下來尤芳吟同她講正事，她都覺得有些恍惚。

一萬兩的乾股已經成了。

任為志也已經答應了這乾股可以轉讓他人。

且尤芳吟那姐姐尤月竟也出了二千兩之多入了股。

事情進展得極為順利，局已經布好，只待後續了。

眼看天色不算早了，姜雪寧與尤芳吟坐了一會兒，想想其實還有很多話想說，可又不知該怎麼開口，便道：「今日我才出宮來，宮裡面正亂著，接下來一段時間都不用入宮伴讀，只在府裡聽詔，倒多的是時間說話，過些時候我再來看妳。」

尤芳吟便起身送她。

周寅之也在門口等候，帶她走出牢房時也將她送到了門外。

馬車還在外面等候。

車夫看見她便問：「姑娘，回府去嗎？」

姜雪寧下意識地點了點頭，可等坐到車上去之後眉頭卻緊緊地皺了起來，無論如何都覺得不放心，越想心裡便越覺得這事兒聽上去怎麼跟天方夜譚似的不靠譜？

「不行，這任為志我連面都沒見過，萬一是個騙子呢？」她眉心擰出一道豎痕來，想尤芳吟這姑娘傻傻的，想了半天，眼看著馬車都要轉上回府的那條道了，忽然便撩了簾子道：「先別回府了，去一下蜀香客棧。」

本來她應該儘量避免與這件事沾上關係。

畢竟有先前生絲生意留下的隱患在，還不知道背後究竟有誰在窺伺，貿然摻和進來，暴露自己，會很危險。

可眼下也顧不得那麼多了。

這任為志，她非要看看不可！

車夫自然有些驚訝，可也知道姜雪寧在府裡是個跋扈脾氣，心裡雖然嘀咕這天色已經快晚了若不回府只怕引家裡人擔心，但也不敢說出來，索性把鞭子一甩，催得拉車的馬兒腳程再快上一些。

沒一會兒到蜀香客棧。

姜雪寧下車便向裡面走去，直接指名道姓地要見任為志。

還是樓上那間客房。

任為志是第一次見姜雪寧，著實吃了一驚。

開門迎她進來後，整個人都有些驚訝，看她穿著打扮也不像是商人，所以很是困惑，不由問：「不知姑娘找在下是有什麼事？」

姜雪寧卻皺了眉沒說話。

她盯著任為志上上下下看了三遍，皺緊的眉頭也沒鬆開，甚至連他的問題都沒有回答，邁開腳步來，繞著他，從左邊走到右邊，從右邊瞅到左邊。

任為志忽然覺著自己像是那擺在架上的豬肉。

而眼前這位姑娘，怎麼看怎麼像是那些刻薄挑剔的客人……

任誰被這麼打量一圈都會不自在，任為志也一樣，背脊骨上都有一種發寒的感覺，咳嗽了一聲，再次小心地詢問道：「姑娘？」
姜雪寧的腳步這才停下來。
看模樣這任為志倒也有些氣度，五官生得不錯，只是更像個書生，反而不像是商人。
也難怪家裡的鹽場會倒了。
不過人似乎看著還行的樣子，可……
她為什麼就不是很樂意呢？
這人居然要娶芳吟。
姜雪寧確認了一下：「你就是任為志？」
任為志還有點蒙：「是。」
姜雪寧眼神裡透出了幾分苛刻和審視：「你同芳吟立了契約，要娶她？」
任為志終於回過味兒來了：原來是為這事兒來的！可先前尤姑娘似乎也沒提過伯府裡誰和她關係好，眼前這位姑娘也許是她娘親那邊來的親戚？難怪看他的眼神特別像是為自家女兒相看夫君的丈母娘。
他唇邊的笑容有些僵硬，額頭上也冒了汗。
這一時便有些尷尬，訥訥道：「是。」
姜雪寧於是停了一停，有一陣沒有說話。
天知道她腦海裡都在轉什麼念頭。

這任為志可是個倒楣鬼啊，拿了錢回去搞卓筒井之後沒多久就遇到了波折，鹽場出事被燒了個乾淨，這人終於被命運逼到角落，走投無路上了吊，成了個吊死鬼。

這一世姜雪寧投了錢給他。

若能間接通過尤芳吟提點他幾分自然也會提點，畢竟自己也有錢在裡面。可這種事情天高皇帝遠，鞭長莫及，蜀中的事情怎麼出，她是不可能控制得了的，後面要真出了事，也實在不稀奇，她覺著自己提醒到了便成，剩下的得看老天，沒想過一定要怎樣。

可芳吟這傻姑娘，腦袋一拍就要假成婚！

若事情與上一世般沒有改變，這任為志又跑去上吊了怎麼辦？

她家芳吟豈不成了遺孀，要守寡？

等等——

遺孀？

姜雪寧腦袋裡一個念頭忽然劃過，抬眸看著任為志的目光忽然變得古怪了幾分：眼前這倒楣鬼若真的上吊死了，往後至少鹽場是要留給遺孀啊！那我們芳吟豈不很快就能家財萬貫直接暴富？

咳咳，當然只是想想。

只是想想而已。

姜雪寧的態度忽然變得和善了一些，面上也掛上了前所未有的溫良的微笑，十分有禮地向任為志一抬手，請他坐下：「任公子，我們坐下聊聊？」

謝府，斫琴堂。

謝危今日提前從宮裡回來，但既沒有看書處理公務，也沒有斫琴調弦，而是低垂著眼簾，自己親自一點一點地收拾起那用樹幹根部雕成的茶桌。

心無旁騖，沉靜極了。

沏茶用的水也早在爐上燒好，咕嘟嘟地往外噴著熱氣。

這模樣一看就是在等人。

待他將這一張茶桌收拾乾淨了，外頭的腳步聲便也傳了過來，劍書引了一人走近，在門外稟道：「先生，公儀先生到了。」

第一〇二章　聖賢魔鬼

公儀丞已經是五十多的年紀了，一張臉十分瘦削，身材也似枯枝似的乾瘦。外表看上去平平無奇，下巴上留了一撮山羊鬍，一雙眼睛倒透著些看透人心、精於籌謀的老辣，一身灰布袍子穿在身上，甚至還透出些陳舊，讓人很難相信，這樣一個不起眼的人竟是赫赫有名的天教二先生之一，一位跟在教首身邊地位極高的謀士。

他入天教快有三十年了。

跟在教首身邊所經歷過的事情更是數不勝數，可以說早已見慣風雲，處變不驚了。

只是當謝危的人找上門來，請他過府一敘時，這位老謀深算的人精依舊嗅出了幾許不尋常的意味兒。

公儀丞倒不怕謝危。

畢竟教首雖養此人二十年甚至收為義子，似乎是視同己出，極為信任，可謝危身世畢竟特殊，這種信任究竟到哪種程度，只怕不好妄下斷言。

他只是有些嫌麻煩。

但人都已經找上門來了，哪兒能不去？

且待在京中這一段時間，公儀丞著實發現了一些不大好的端倪，也正琢磨著找個恰當的時機敲打敲打謝危，好叫他記住，什麼才是自己的本分。

所以，他還是來了。

「請進。」

斫琴堂內傳來謝危淡淡的一聲。

一如公儀丞在金陵偶爾見著他時一般，這些年來倒沒有什麼改變。

心裡頭一念轉過，他便走了進去。

劍書立在了門外，沒有進去。

斫琴堂外有些昏暗的光線從窗沿上照入，謝危穿著一身雪白的道袍，只用了一根烏木簪束髮，倒有大半都披散在身後，透出一種在家中的隨意和閒適。

一應茶具已經備好。

他抬頭看見公儀丞，請他坐下，笑了一笑：「前些日聽聞公儀先生到了京城，我還有些不信，想先生若來京城多半會告知謝某一句。沒想到，先生是真的來了。」

天教的核心勢力都在南方。

京城處北，朝廷的力量深厚，越往南控制越弱，也正適宜天教傳教，發展勢力。

公儀丞便常在金陵。

至於京城，則一向是天教力量薄弱之地。

但自從謝危幾年前上京趕考參加會試開始，尤其是四年前回到京城籌謀著助沈琅登基開始，這樣一個人便成為了天教打入朝廷的暗樁，甚至這些年來越發壯大。天教的勢力也因此得以在京中暗中發展，到如今已經是頗具規模。

只不過在這裡，謝危才是話事之人。

按理說，同是教中之人，公儀丞來到京城，無論如何該給謝危打上一聲招呼，可他沒有。

公儀丞落座在謝危對面，此刻便抬了眼打量他，似乎是在揣摩他這一句話背後藏著的深意，然而開口卻異常直接：「教首有命，事急在身，忙於應付，一沒留神忘記了。何況你不是早就知道了嗎？」

謝危將滾燙的水注入了茶盞之中。

公儀丞便看著那流瀉的泛著白氣的水，淡淡道：「到了這京城，到處都是耳目，教首的事情吩咐下去尚有人要問一句該不該請你示下，哪兒用得著我來知會你？」

謝危執著壺的手頓了頓，道：「公儀先生言重了，天教上下皆奉教首為尊，有命必從，有令必行，教首待危恩重如山，危豈敢僭越？」

公儀丞冷冷地笑了一聲：「是嗎？」

謝危將那燒水的壺放回了爐上，臉色倒沒變，轉過來還為公儀丞斟上了茶，道：「危自問並無有損天教之所為。」

公儀丞的目光忽然變得鋒利了一些，站了起來，踱了兩步，從一個比較高的位置俯視著他，竟道：「那通州、豐台兩城外面的事又怎麼解釋？」

謝危飲了口茶，挑眉：「什麼事？」

公儀丞看著他這淡靜似乎不知事情原委的模樣，終於覺得一股怒氣從胸中起，聲音也變得尖利了幾分，斥道：「狗皇帝一招棋錯要對付勇毅侯府，可煽動民心引得天下紛亂，更能借此拉攏軍中勢力，壯大我教，實乃顛覆朝廷的天賜良機！可先後派去三撥人都如泥牛入海沒了音信，過後不久竟在碼頭的葦蕩裡找到屍首，悉數被人截殺！你會不知情！」

大約是今日沏茶的用的水太燙，沏出來的茶湯滑過舌尖，留下的卻是幾分發澀的味道。

冬天了，春天的新茶都擱陳了。

謝危於是慢慢放下了手中的茶盞，抬眸時對上公儀丞的目光，微微笑了起來：「哦，還有此事？自公儀先生入京後，教中之事危都不敢插手了，一應事務都由先生在打理，倒還真不知道出了這樣大的事情。可查到是誰做的了？」

「……」

四目相對，謝危的眼眸與神情都平和極了，公儀丞卻是緊緊地繃著，整張臉都透著一種難以言說的凝重。

縱然從來井水不犯河水，可公儀丞似乎總與謝危不對付。

他覺得教首這一步棋就是下錯了，當年就該斬草除根不該留下這麼個人，還任由他到了天教如此之高位，更放他到了這天教勢力難以深入的京城！

引狼入室，又放虎歸山！

公儀丞道：「那可真是奇了。敝人還以為度鈞與勇毅侯府畢竟關係匪淺，此次那小侯爺冠禮你還親去為其加冠、取字，看著還像是念舊情的模樣，進而以為你對天教的計畫有所不滿，暗中阻撓，覺得教首太過殘酷呢！」

謝危道：「公儀先生誤解了。」

然而他說這話時卻並未直視著公儀丞，而是轉眸去看庭院裡凋敝的草木，接著便起了身來，負手到窗前：「我的志向與教首的志向一般無二，公儀先生在教中這麼多年，我之所為，該是早有所知的。」

「那是以前，敝人自以為知道罷了。如今到了京城，須知人心易變。」公儀丞笑得嘲諷。「朝野上下乃至整個京城都知道，『謝先生』很受聖上青睞，不久前甚至已經執掌了翰林院，地位越發穩固。只怕再等上兩年，不僅有帝師之名，只怕連帝師之實也快了！榮華富貴迷人眼，誰還記得當年發過的誓，立下的志？」

窗櫺上有著精緻的雕花，頗有幾分江南情調。

只是江南沒有這樣冷的朔風，這樣大的白雪。

邊上擱著一隻花觚，然而這時節並無什麼新鮮的花枝，插在裡頭的只是三支箭。

謝危伸手拿起一支來。

入手沉重，箭鏃乃以玄鐵打成，箭身上描著細細的銀紋，箭羽卻是兩片精緻的金箔，嵌進箭尾。這種乍一看有些華而不實的東西，一看就知道大約是朝中哪位同僚所贈的玩意兒。

他手指輕輕地轉了一轉。

這一根箭也跟著轉了轉。

謝危道：「公儀先生這般言語，便是不信我了。如此說來，宮裡玉如意一案，也是先生的手筆了？」

獻給蕭太后的玉如意上刻著逆黨妖言。

一樁風波鬧下來折損了他在內宮中的布置，三兩年心血毀於一旦，竟被逼得斷尾以求自保！這一筆賬，他可都還沒算呢！

話說到這裡，終於算是有了幾分刀光劍影的針鋒相對之感。

公儀丞一聽便大笑起來。

他一掀衣袍，重新坐了下來，端起茶，卻陰沉沉地道：「我壞了你的布置，動了你的人手，你果然是心中有不滿的！」

謝危來到茶桌前方，背後便是那一堵空蕩蕩的用以面壁的牆，只道：「旁人有所求，才會受我拉攏。在宮裡面當差的，大多都是貧苦人出身。勇毅侯府更是一門忠烈，保家衛國，稱得上社稷棟梁。公儀先生輔佐教首多年，出謀劃策，運籌帷幄，也曾傳教布道，今來京城卻是先鬧玉如意一案風波牽累眾多無辜之人，又要陷侯府於不忠不義之地，置其滿門性命於不顧。敢問先生，又是否還記得當年發過的誓，立下的志？」

「好，好！可算是說出真話來了！」公儀丞忍不住地撫掌，但注視著謝危時卻多了幾分蔑視。「數月前教首派我祕密來京中瞭解情況主持大局的時候，便曾有過擔憂，一怕你富貴迷了心，二怕你與侯府牽扯太深婦人之仁！我本想你是個顧全大局之人，未料竟全被教首言中！」

謝危回視著他，沒有接話。

公儀丞的目光冷冷地，連聲音裡都透出幾分寒氣，道：「你可不要忘記，當年是誰饒過你一命，又是誰讓你有了如今的一切！你既知天教待你恩重如山，形同再造，便該知道自己在什麼位置！教首要做的事，豈有你置喙的餘地！」

謝危依舊不言。

那一根箭在他指尖，毫無溫度。

唯有那金色的箭羽，映著越發昏暗的天光，折射出些許的光亮。

公儀丞的口吻已儼然不是相談，而是訓誡了，且自問比謝危年長，在天教資歷比謝危深，有資格教訓他這麼一頓。

言語間甚至有了幾分威脅警告的意思。

此次之後謝危必將失去教首的信任，是以他也不將謝危放在與自己同等的位置上了，凜然道：「扶危濟困，天下大同，不過是招攬人心的教義。為成大事，犧牲幾個微不足道之輩，犧牲一個勇毅侯府又算得了什麼！亂世之中，聖人也不過是個廢物，這天下唯有梟雄能夠顛覆！」

亂世中，聖人也不過是個廢物，這天下唯有梟雄能夠顛覆。

謝危久久沒有說話。

直到手中執著的那一根箭上的金箔箭羽不再折射天光，他才慢慢地道了一句：「你說得對。」

公儀丞話說了許多，終於端起茶來喝了一口，潤了潤嗓子，都不回頭看一眼他的神情，只道：「從今往後，京中的教務你便不要再插手——」

話才剛說到一半，他腦後陡然一重！

竟是謝危不知何時走到了他的身後，一隻手伸出來，毫無預兆地用力按住他的腦袋，壓著撞到了那茶桌之上！

「劈裡啪啦！」

茶桌上堆著的茶具頓時摔了一片！

公儀丞年事已高不說，更沒有想過今日自己到謝危府上會遭遇什麼危險，因為根本沒有去想過謝危在天教多年，敢做出什麼驚世駭俗之事來，根本反應不過來！

一切都在瞬息之間！

謝危面無表情，手裡那支箭冷酷地穿進了公儀丞的脖頸，玄鐵所制的鋒利箭矢從喉嚨前穿出，力道之大竟將人釘在了桌面之上，頸側的血脈爆裂噴出大股的血，濺了他一身的紅！

「咕嚕……」

公儀丞的喉嚨裡發出一些意味不明的怪聲。

他兩隻眼睛都因為驚恐瞪圓了，瘋狂地掙扎著，伸出手來，死死抓著謝危按住自己的手，也捂住自己的喉嚨，似乎想要以這種微弱的努力來挽救自己流逝的生命。

然而這一切在這漠然的人眼前是何等徒勞！

不甘心，不敢信！

公儀丞嘴裡都冒出血來，死死地瞪著他：「度鈞！你……」

然而根本模糊極了，也聽不清楚。

謝危似乎有些恍惚，想起了勇毅侯府那棵高高的櫻桃樹，還如先前一般，慢慢地、輕聲細語地道：「你說得對。聖人成不了事，這天下要的是梟雄。守規矩的人，走得總是要艱難一些……」

那麼，還守什麼規矩呢？

旁人做得的事，他也做得，且還會做得比旁人更狠、更絕！一如此刻！

在生命的最後，公儀丞終於意識到了什麼，也意識到了謝危這番話底下的意思。

然而已經沒有細想的時間了。

後悔也晚了。

他脖頸裡冒出的鮮血，不再如先前一般劇烈，就像是原本噴湧的泉眼慢慢乾涸了一般，變得平和。

茶桌上下，淌了一片。

漸漸沒了氣。

猶帶著溫度的血從謝危腳底下漫過去，他沒有挪動一步，直到手底下這具乾瘦的屍體沒有了動靜，他才慢慢地鬆了開。

聖賢面孔，卻沾了鮮血滿手！

轉過身來，那雪白的衣裳上已是觸目驚心一片，抬眸便見劍書站在門口，駭然望著他。

謝危垂眸，只走過去拿起案上一方乾淨的巾帕擦手，平淡地道：「收拾一下吧。」

第一〇三章　暈血

呂顯來串門的時候，只見著謝危已經坐在了窗邊上，正在朝外頭看風景。

天色昏暗，屋裡面點著燈。

他毫無防備地直接從外面走了進去，張口便要同謝危說話，誰想到目光一錯竟瞧見滿地的血，被昏黃跳動的燈光照著猙獰極了，平日裡沏茶的桌上還釘著具死不瞑目的屍體！

呂顯整個人面色都白了一下，身子搖搖晃晃，腦袋昏昏沉沉，直接就從房裡退了出去，立刻背過身扶著門框差點沒吐自己一身！

「操，公儀丞怎麼死了！」

事關重大，劍書同刀琴在裡頭收拾。

謝危手上的血還沒擦乾淨，轉過頭看了他一眼，道：「我殺的。」

呂顯頭皮登時炸起：「不是請他過府一敘嗎？大家井水不犯河水你殺他幹什麼！」

謝危道：「可河水要犯井水。」

呂顯崩潰：「你瘋了！」

謝危垂眸看著自己染血的指縫，嗅著屋子裡的血腥味兒，眼底透出幾分厭惡，只道：

「我請他來便沒打算讓他活著走，一言不合，殺便殺了。」

呂顯聽見這句，終於冷靜了些：「你有計畫？」

謝危道：「沒有。」

呂顯深吸了一口氣，似乎在忍著什麼，但還是沒有回頭去看：「你是天教中人，人是你請到府裡來的，他現在人還在京城，出了事你怎麼逃得了關係，拿什麼跟天教交代，往後又怎麼收場？」

謝危的神情靜極了：「不知道。」

「不知道！」呂顯跳了起來，一張斯文的臉孔都被今日這駭人聽聞之事搞得有些扭曲起來，忍無可忍地朝他咆哮。「沒有計畫，不知道怎麼交代！可你竟然把人殺了！你大爺的謝居安到底是你中邪了還是我中邪了！怎麼辦，怎麼辦！你怎麼敢做下這種事來！」

他的聲音實在很是聒噪。

謝危終於輕輕蹙了眉，道：「你慌什麼。」

他慌什麼？

誰他媽遇到這種事能不慌啊！

在呂顯看來謝危絕對不是什麼衝動之人，也絕對不該做出這樣的事情來，在京中這些年的布局謀劃樁樁件件都是心血堆砌，一個鬧不好便是前功盡棄！

呂顯完全冷靜不下來！

他轉頭就想和謝危理論，然而腦袋微微一側，就瞥見謝危那一身雪白的衣裳上觸目驚心的鮮血，又覺得腦袋裡一陣的眩暈腳底下發虛。

於是這滿腔無從宣洩的暴躁便向屋內刀琴劍書而去。

他憤憤地叫嚷：「你們兩個別收拾這屋了先把你們家先生拖下去換身乾淨衣裳再來！」

劍書不解：「為什麼？」

呂顯舉起一隻手來擋在自己臉邊上生怕自己再見著屋裡的場面，氣急敗壞地跳腳：「還為什麼！老子他媽暈血！」

刀琴：「……」

劍書：「……」

第一〇四章　天教之影

姜雪寧從蜀香客棧離開時，終於放心了幾分。

從頭到尾她都沒有自報過家門，只問任為志許多話，也同他聊些蜀地的風貌，瞭解了一下鹽場的情況，偶爾也提一下尤芳吟，同時暗中觀察著任為志的神色。

不得不說，尤芳吟這姑娘，傻歸傻，直覺還真的不差。

科舉場上雖然屢屢失利才繼承了家業，可任為志畢竟算個讀書人，說話斯文，教養不錯，倒沒有商人的奸猾市儈。

別說只是假成婚，便是真做夫婿也夠格的。

重新等上馬車時，她回頭看了一眼客棧樓上那尚還亮著的燈盞，終於是真心地掛上了幾分輕鬆的笑容。

不過這般先去了錦衣衛牢房看尤芳吟，又打道蜀香客棧與任為志相談，路上耽擱下來的時間可是不少，待回到姜府時，天都已經黑盡了。

姜伯游與孟氏在屋裡等得有些焦急。

府裡下人一路拎著燈籠送姜雪寧到了屋前，她便走進去，先躬身告了罪，道：「女兒路上辦了些事，回來甚晚，讓父母擔心了。」

孟氏張口便想要說什麼。

卻沒想姜伯游搶在了前頭，道：「勇毅侯府的事情剛出，官府更是又抓了一批天教的亂黨起來，現如今的京城誰都不敢出門了，妳這大晚上還在外面溜達，像什麼話！」

姜雪寧垂眸不言。

孟氏嘆了口氣，如今對姜雪寧的態度倒是少見地和樂，竟反過來勸了姜伯游：「宮裡宮外都是這麼大的事情，你都嚇得不輕，這會兒便別嚇孩子了。不是還說要問問宮裡的情況嗎？」

姜伯游這才作罷。

他也是久等姜雪寧不回，才有些著急上火，倒也沒有責斥她的意思，所以很快平復下來，轉而問她宮裡到底什麼情況。

第一是遣散了伴讀；

第二是單獨留下了姜雪蕙。

姜伯游與孟氏都知道宮裡出了件大喜事，披香殿的溫婕妤懷有身孕被晉為溫昭儀，也聽說姜雪蕙立功得了賞賜，可卻不清楚其中具體的細節和原委。

姜雪寧便一一道出當時梅園中的情景。

包括後來姚惜倒楣，姜雪蕙得到賞賜且也得到溫昭儀青眼的事情也說了。

姜伯游道：「未必是什麼好事。」

孟氏也嘆了口氣：「木秀於林風必摧之，這般有些打眼了。」

姜雪寧心道你們可太小看姜雪蕙的本事了。

只是她心裡這麼想，嘴上卻不說。

姜伯游搖著頭道：「我倒寧願她好好的，和寧姐兒一般回到家裡來，這多事之秋，宮裡勾心鬥角，能害人一次便能害兩次，上回倒楣的是姚家姑娘，焉知下回不輪到蕙姐兒？」

孟氏皺緊了眉頭。

她卻還想得開些，道：「蕙姐兒自小謹慎些，只能想昭儀娘娘這一胎格外得聖上重視，闔宮上下必不敢懈怠。聖上都為此遣散伴讀了，宵小之輩未必有可乘之機。若昭儀娘娘他日真誕下龍子，蕙姐兒又能得娘娘青眼，也算是富貴險中求。天底下哪兒有白掉的餡餅呢？」

姜雪寧心道，正是此理。

可大約是她有一會兒沒說話，顯得有些沉默，倒讓人誤以為她心裡拈酸，情緒低落。

孟氏竟反過來寬慰她道：「不過寧姐兒妳也別喪氣，勇毅侯府方出事，我們兩府畢竟暗中談過婚約，寧姐兒妳低調一些也好。一門上下同榮辱，有蕙姐兒在前面撐著，往後妳也能從中得益的。」

孟氏固然有些不喜寧姐兒往日的做派，可蕙姐兒能入宮靠的還是寧姐兒，她到底還記得自己乃是姜雪寧的親生母親，不至於太過厚此薄彼。

何況是這樣艱難的時候？

一門上下，一榮俱榮，一損俱損，萬不能在這種時候離心離德。

姜雪寧卻是有些古怪地抬眸看了她一眼。

孟氏到底是把一門的榮辱放在前頭的。

對自己這般和顏悅色，若是上一世，她或許一顆心便軟了，眼眶也要跟著紅。可到底是經歷過一次生死，鬼門關前走過一回，姜雪寧竟覺得沒什麼太深的感覺，好像孟氏對自己好也好，壞也罷，都很難讓她有什麼更深的情緒波動。

更何況不過是這樣一句不痛不癢的寬慰呢？

她平淡地應了一聲：「是。」

姜伯游卻是打量她神色，看出她的冷淡來，心裡嘆了一聲，卻不好說什麼，反而想起件事，轉頭對孟氏道：「我有話要單獨跟寧丫頭交代幾句，妳先回房休息去吧。」

孟氏頓時一愣。

有什麼話不能當著她說的嗎？

心裡忽然又有了一點不滿，可話是姜伯游說出來的，她也只好強壓下心頭那一點不快，先離開回了房去。

在她走後，姜雪寧便抬起頭來，看向了姜伯游。

不用姜伯游說，她都知道是什麼事。

這時心跳無由快了些，只問：「是先前託父親的事已經辦好了嗎？」

「上回妳交給我的那幾箱東西，貴重是貴重，只是兌當得太急，難免為人趁機壓價。為父也不想賤賣糟蹋了侯府舊日的好東西，是以只處理了一半。另一半我叫帳房抬進了我們府庫，算了算中饋，從府裡拿了一萬八千兩出來，算是抵價由府裡買了。」

姜伯游捧了只匣子來，放到姜雪寧面前。

「一共湊了三萬兩，妳看看，都在這裡了。」

三萬兩。

要知道便是把整個清遠伯府都掏空，恐怕也未必立刻就能拿出三萬兩來。

燕臨這些年給了她多少，可見一斑。

姜雪寧打開了那匣子，略略一點，裡頭都是一色的千兩一張的銀票，厚厚一遝三十張。

她低低道：「父親費心了。」

姜伯游道：「勇毅侯府與我們也有故交，能幫上一些則幫上一些。只是侯府這案子很快便要交到三司會審，若是備著往後接濟還好，若是想要疏通關節，恐怕……」

姜雪寧道：「女兒有數，不會亂來的。」

她話雖是這麼說，姜伯游也的確覺得她近些日子以來變得有主意了一些，甚至用官場上的話來說，是……

城府深了些。

便說這一次宮裡面溫昭儀在梅園這一樁事，他方才聽著寧丫頭的言語總隱隱覺得她是早早看破了這局的，只是並沒有攪和進去，也並沒有要出這風頭罷了。

可朝堂上的事情，他還是不免擔心。

當下免不了又叮囑了姜雪寧幾句，怕她一個人拿著這樣大一筆錢，鬧出什麼事來。

姜雪寧又是一一應過，這一回倒並不是沒將姜伯游說的話放在心上，相反，她知道姜伯游的告誡都是對的。

勇毅侯府的案子三司會審，聖上親督，哪裡那麼容易疏通關節？

一個不小心出點錯都要人頭落地。

只是朝廷也從來不是鐵板一塊，縫隙總歸是有的，只看仔細不仔細，能不能找得到。

若論消息，只怕再不會有一個人比現在的鄭保更靈通，只是她人在宮外，與宮內聯繫不便，便是有這麼個人，此刻也用不上。

宮外則只有周寅之。

姜雪寧從姜伯游這裡拿了錢後，自己又貼了那張琴的三千兩進去，總共有銀三萬三千兩，次日便找上了周寅之，探聽如今勇毅侯府一案的情況。

周寅之雖已經是錦衣衛千戶，這時也只能苦笑，道：「案子已經交到三司，錦衣衛這邊只得了一個與刑部一道審問犯人的職權，要過問上面的事情卻是無法了。何況千戶之位也太低，頂多能進到牢裡，替二姑娘照拂幾分，然而也不能盡顧周全。且刑部原本的鄭尚書離任，原河南道禦史顧春芳這兩日剛剛上任，錦衣衛與刑部爭權被此人壓得太狠，怕沒有多少插手此案的機會了。」

三司會審的「三司」，指的是刑部、大理寺、督察員。

這裡頭可沒有錦衣衛的份兒。

但凡錦衣衛的人想往裡面伸伸手，便會招致三法司一致的攻訐，可說是寸步難行。

姜雪寧卻道：「勇毅侯府家大業大，抄沒的東西無數，如今一應證據應當還在整理清算。你雖無法插手，可三法司的人卻多進出天牢，你且留意一下有沒有什麼奇怪的人。」

如果她沒記錯的話，勇毅侯府這樁案子很奇怪。

一開始是搜出了侯府與平南王逆黨往來的信函，為的其實是二十年前那可能早已躺在義童塚裡的定非世子，但三司會審大半個月後卻是多出了一封信，這封信乃是燕牧寫給天教逆黨的，信中竟提及要暗中扶植天教勢力，願將天教教眾編入軍中。

信函一出，頓時稱得上鐵證如山。

一府上下斬了一半，流放千里，到那百越煙瘴之地，滿朝文武都沒幾個敢為他們說話的。

為什麼這封信半個月後才出現？

為什麼燕牧寫給天教逆黨的信會從家中抄來？

再說了，抄家不特別快，可也絕對不慢。

這封信若一早抄到按理說該送到了皇帝手中。

姜雪寧並不知道中間到底有什麼事情發生，可如果這中間存在什麼機會，而她卻因以為沒有機會而錯失機會，必是要扼腕抱憾的。

是以才對周寅之一番交代。

周寅之雖不明白她為什麼會說出這樣的話來，可腦海中念頭一閃，便想起她當日也是坐在堂上一語道破了他隱藏的心思，那種隱隱然的深不可測之感於是再次浮現在心頭。

這位二姑娘，似乎越發不簡單了。

周寅之不知道她背後究竟有什麼人，可越是這種時候越是半點不敢怠慢了。

回到錦衣衛衙門之後，他就跟住在了天牢內外似的，時不時去轉上一圈。

經常會碰到刑部來的人。

比如那位顧春芳，又比如顧春芳頗為信任的那刑部清吏司主事張遮。

三法司的人自然見不慣錦衣衛，可也沒理由趕他走，只當是他們錦衣衛賊心不死還想要插手中間的事，有不客氣的言語間便頗多諷刺。

周寅之也不在乎。

如此，沒過上多久，還真讓他發現了那麼一個奇怪的人：似乎是刑部下屬的一名小吏，時常跟著來天牢轉悠，目光總向關在牢裡的人看去，好像在籌謀什麼東西。

周寅之連著觀察了兩日，終於覺得這人是真的有鬼。

第三日他便找了機會直接在小巷子裡堵住了這個人，將刀壓在了對方的脖子上。

威嚇之下，還真問出件攸關的大事來！

二話不說暗中將人控制起來關進自己府裡後，周寅之便連夜拜訪了姜雪寧，道：「抓了一個人，是天教埋在官府裡的暗線，得了什麼『公儀先生』之令，要尋找時機，將一封信呈給刑部，說是這封信能讓侯府萬劫不復。但這些日子那位『公儀先生』忽然沒了消息，多次聯繫卻沒回應，叫他心裡發慌。他自己很怕這個公儀先生出事，又不敢聲張，有這一封信便生貪心，想要借此敲詐侯府一筆，辦成事就走。沒想到緊張之下卻暴露了行跡，被我抓個正著。」

姜雪寧一聽簡直頭皮一炸！

勇毅侯府這一案裡竟也有天教的影子，連赫赫有名的「公儀先生」都牽扯進來！

只不過……

這麼重要一個人，半路上沒了消息，又是怎麼回事？

她瞳孔微微縮緊，想想也真顧不上那麼多了，深吸了一口氣，徑直問道：「信拿到了嗎？」

若能拿到這封信，絕對是個巨大的轉機！

第一〇五章　陰差陽錯

然而，在她這問題出口的時候，周寅之的眉頭卻蹙了起來，猶豫了一下，才道：「沒能拿到。」

姜雪寧頓時一怔：「沒有？」

周寅之道：「信並沒有在那人身上，天教之中似乎還有接應的人。今日我抓到的那個據他自己說只是出來探探情況，要等到合適的時機才敢將信交出。因事發匆忙，我想此事對二姑娘來說必定極為重要，所以還沒仔細盤問過，便先來報上一聲，不知接下來要怎麼處理？」

姜雪寧的目光便落在了周寅之的身上，似乎在思考著什麼，過了片刻竟道：「這人還在你府上？帶我去看看。」

這時候可是大晚上。

周寅之有些沒料到姜雪寧這般果斷，但轉念一想便明白自己畢竟是錦衣衛的人，只怕姜雪寧不敢絕對地信任，這樣大的事情親自去看上一眼才比較妥帖。是以也沒有阻攔。

倒是姜府外頭守著的門房見到自家二姑娘大晚上還要出門，嚇了一跳。姜雪寧只吩咐若家中問起便說她由周寅之陪著一道出了門辦事，請家中不用擔心，之後出了門去。

周寅之還真未有半點虛言。那人果然綁在他府中。

只不過姜雪寧忽然發現才沒過去半個月，周寅之竟然已經換了一座府邸，到了柳樹胡同裡頭，雖然依舊算不上是豪華，可青磚黑瓦，看著卻是比原先那座寒酸的小院好上了太多。

門口還守著一名身著玄黑的錦衣衛。看樣子是周寅之的下屬。

換了府邸沒什麼好驚訝的，周寅之若不會撈錢那就不是姜雪寧知道的周寅之了，可在進入錦衣衛這樣短的時間之內他就已經發展到了可信任的屬下，本事實在不小。

從門口進去時，姜雪寧不由多看了這名守門的錦衣衛一眼。

周寅之道：「叫衛溪，武藝很不錯。」

姜雪寧便點了點頭。

那衛溪少年人模樣，濃眉大眼，很是拘謹，不過在周寅之介紹他時也沒忍住悄悄看了姜雪寧一眼，顯然也是好奇能得自己上司這般禮遇的人是誰。

沒成想進入眼簾的竟是個漂亮極了的姑娘。一時意外之下差點看直了眼。

回過神來時，卻發現眼前這姑娘用一種似笑非笑的目光看他，眼底倒不鋒利，可莫名叫他紅了臉，立刻把頭埋了下去。

周寅之瞧見這一幕，眉頭微不可察地蹙了一蹙，只問道：「人還在吧？」

衛溪立刻收斂心神回道：「沒離開半步，還在裡面。」

周寅之於是帶著人進去。

姜雪寧卻是眉梢一挑故意又多看了這叫衛溪的少年郎一眼，才邁開腳步，跟在周寅之後頭進去，衛溪則是心裡頭七上八下地落在了姜雪寧後面。

人關在府裡西南角的柴房裡。門推開之後裡頭倒算乾淨。一根粗麻繩並著一根精鐵所制的鎖鏈，共同將人捆在柱子後面，從門口進去就能看見這人身上穿著刑部小吏員穿的緇衣。

姜雪寧在門口就停住了，沒有繼續往裡走。

周寅之卻是一直走到那人的面前。

還沒等他說話，那人一瞧見他便用力地掙扎了起來，彷彿先前已經吃過一些苦頭，十分恐懼：「我真的什麼也不知道了，信也不在我身上，你不是說我說了就放過我嗎？」

周寅之俯視著他道：「那同你接應的人是誰？」

那人直哆嗦：「我們教中都是祕密行事，我等幾人都是祕密聽命於金陵公儀先生那邊，每日子時把信放到白果寺，自然有人取走，第二天再去便有信函回覆。可我從來沒有見過那些人，看回信的字跡最少有三個人。周大人，您就是把我抓起來也沒有用啊！信真的不在我身上！」

周寅之便看向了姜雪寧。

姜雪寧站在靠近門口的地方，皺了眉頭，冷冷道：「你乃是刑部的吏員，且能接近天牢，那幾個人卻要隱身暗中靠你來探聽消息，想必他們也需要依賴你來將這封信送交朝廷知曉吧？也就是說，只要你告訴他們時機已經成熟，他們便會把信交給你！」

一聽見這聲音那人渾身雞皮疙瘩都起來了。

直到這時候這倒楣鬼才意識到，此次與周寅之一道回來的竟然還有別人，而且還是一位姑娘，聽這話的意思倒像是周寅之背後的人，一時生出幾分驚懼。

他下意識回頭想要看看是誰。

然而他才一動，周寅之已經用力一腳踹到他身上：「那是你應該看的人嗎？」

那人吃痛頓時叫嚷起來。

周寅之只厲聲道：「姑娘問你，是也不是？」

那人哭號：「是，是！」

姜雪寧便道：「那事情簡單，你與往日一般與這些人聯繫，告訴他們三司會審時機已經成熟，到了能將信交出的時候了。你把信寫下來，今夜子時便送過去，別耍什麼花招。」

那人驚恐極了：「不，不，若是被教中知道……」

姜雪寧眉頭頓時皺得深了些。

周寅之看她一眼，道：「要不您回避一下？」

說完，他扯了一張抹布將這人的嘴巴塞了。

姜雪寧一看便退了出去。

站在外頭屋簷下不一會兒就聽見裡面傳來被堵塞著的慘叫，還有尖銳刺耳的鐵鍊的柱子上劇烈撞擊的聲音，又過了些時候才停下。

大約是那塞嘴的抹布被拿了下來，那人喘著粗氣的痛苦之聲這才傳出。

然而比起先前似乎虛弱了很多。

周寅之只淡淡問：「寫不寫？」

那人再也不敢負隅頑抗了，忙道：「寫，寫，我寫。」

姜雪寧便知，周寅之肯定是用了些錦衣衛裡用的狠手段，逼迫這人就範。

衛溪立刻去拿了紙筆。

那人哆哆嗦嗦地把信給寫了下來。

寫好後周寅之看過一遍，又拿出來給姜雪寧過目，姜雪寧仔細看了好幾遍，沒看出什麼不妥，便交還給周寅之，讓他帶著這人連夜去白果寺放信，等天教那些人上鉤。

周寅之叫人埋伏在了附近。

姜雪寧則是當晚便回去了。

然而萬萬沒想到，次日傍晚周寅之的確抓到了人，可抓到的這個人身上竟然只帶了半封信！

而且，似乎早料到有這麼個局在等著他，那人是半點也不慌亂，只笑著對周寅之道：「昨日周千戶將人帶走，我們就有所察覺了。拿了那一封信回去之後，便猜是局。不過想來那窩囊廢什麼都告訴您了，所以在下也不繞彎子。我等乃是天教祕密發展的暗線，除了公儀先生之外不與旁人聯絡，然而先生現在都沒有音信，只怕已遭不測或是落到朝廷手中。按公儀先生的吩咐，這封信是無論如何要送到刑部的，但現在此局竟被你們窺破，想來是做不成了。我等也不過是草莽出身，也未必一定要捨身辦成此事。人在世上，求的無非是名和利。這半封信周大人盡可帶回去看，至於剩下半封信，便看周大人您背後的人，有多少的『誠意』了。」

周寅之可沒料到被人反將一軍。

而且這信……

他問：「你們想要什麼？」

對方冷冷道：「五萬兩白銀，買燕氏一族的命，收到錢後我等離開京城再不踏足半步！可若沒有，剩下那半封信，保管出現在定國公蕭遠的案頭上！」

❀

今日謝危要入宮。

斫琴堂裡早已經收拾了個乾乾淨淨，再也瞧不見一絲血跡。

公儀丞的屍首也不見了。

可謝危的心情卻似乎沒有好上半分，甚至比起前些天還要差上許多，在換上那一身天青色的道袍時，他的眉頭深深鎖了起來，只問：「還沒查到嗎？」

刀琴立在後面，搖了搖頭。

劍書眉目間也有些凝重，連為他整理衣襟的動作都變得十分小心，低聲道：「金陵總壇那邊確留了一些人在京中做暗樁，可這些人只聽公儀丞調令。如今我們已經將京城這邊的香堂控制住了，審問前段時間跟在公儀丞身邊的人，只知道是有命令交代了下去，但、但還沒人知道到底是什麼。」

說著，聲音也小了下去。

謝危眼底的戾氣便慢慢浮了上來，似乎忍耐著什麼，又問：「定非那邊呢？」

劍書越發不敢看他一眼，垂首道：「那日先生吩咐下去後，便在京中四處找了，可定非公子沒回過香堂一次。有人說他在醉樂坊，我們找過去後花樓姑娘轉達他留話說去了『十年釀』喝酒，可我們找過去之後也沒有人……」

也就是說，這個人也沒了影蹤。

謝危竟低低地笑了一聲：「不錯，很不錯。」

劍書、刀琴皆聽出了這話裡藏著的凶險意味兒，半點不敢接話。

謝危一整衣袍，淡淡道一聲「繼續查繼續找」，也不再說些什麼，徑直出了府門，乘坐馬車向皇宮而去。

南書房裡正在議事。

沈琅的心情前所未有地大好，除了後宮裡溫昭儀有孕外，朝堂上竟然也是出了一件振奮人心的大好事。

謝危才一進來，他便大笑起來：「謝先生可算是來了，順天府尹那邊已經報過了消息，這一回天教有個重要的人物伏誅，謝先生立下大功！」

眾人的目光都落在謝危身上，眼神裡多少有些佩服。當然也有些人比較簡單。

謝危倒跟沒看見似的，毫無破綻地微笑起來，道：「不過是手底下的人湊巧撞破他們一千人等香堂集會，略機警了一些，這才聯繫順天府尹派人圍剿，將那公儀丞亂箭射死。微臣知道消息還沒聖上快呢，不敢居功。」

若是呂顯在此聽見只怕要大為震駭——

那公儀丞不是謝危親自殺的嗎？

怎麼到了此刻，竟然就成了順天府尹圍剿死的？

但在這南書房中並無一人知道真相，只個個思考著這位謝少師原本就深受沈琅信任，此事過後只怕還要往上一層，實在令人豔羨。

沈琅則是說不出的快意。

他負手踱步走了下來，甚至有些意氣風發模樣，道：「這天教妄圖顛覆我朝之賊心不死，趁著勇毅侯府這事四處散布謠言作亂，此次竟被一舉端掉在京中的據點，還殺了為其首腦出謀劃策的大賊！料想是天滅此教，如此下去很快便能將逆黨反賊連根剷除！」

眾人都附和起來，口稱「聖上英明」。

但刑部新上任的尚書顧春芳肅著一張冷面，卻是眉頭皺起，並無多少高興的神色，只道：「可惜順天府圍剿之時竟不知此人身分，亂箭將其射死。此人既在匪首身邊二、三十年，出謀劃策，必定知道天教許多底細，是此教中頂頂重要之人。若能將其生擒，拷問一番，不知將抖落出多少有用之訊息……」

眾人頓時變得訕訕。

謝危聞言目光微微一閃，卻是彷彿想到什麼一般道：「若能生擒的確是最好，可如今這人死了，也未必就派不上用場。」

顧春芳兩道眉已經有了些霜白。

聽見謝危這話，他頓時一抬眉，向謝危看了過來：「謝少師有高見？」

「不敢當。」謝危甚是有禮，說話的同時便向顧春芳揖了一揖，然後道：「方才顧大人不說，謝某也沒深想；然而顧大人一說，謝某心裡倒冒出個主意來，只不過也許有些行險。」

沈琅頓時好奇：「什麼主意？」

謝危唇角便略略一彎，道：「朝廷剿滅了天教亂黨，殺了他們許多人，公儀丞這般重要的人物固然在其中，可這消息只有官府與朝廷才知道。也就是說，天教那邊並不知曉公儀丞已死。若我們放出消息，假稱公儀丞沒死，只是被朝廷抓了起來，正在嚴刑審問。依顧大人方才所言，此人必定知曉許多天教機密，天教怕機密洩露，必定派人來救。屆時只需派人埋伏，或者更行險一些……」

說到這裡時，他頓了頓。

眾人聽得點頭。

連顧春芳都不由拈鬚思索起來，進而問道：「更行險一些又如何？」

謝危眸光微微垂下，竟是道：「這些日來我們也抓了不少天教亂黨，連番審問之下，說公儀丞，這些人大多都見過，知道是什麼模樣。然而傳聞中為那天教匪首出謀劃策的卻還有一人，號為『度鈞山人』，深藏不露，從未現身人前。便是天教眾人，甚至一些香堂的香主，都沒有見過此人一面，唯有金陵總壇那邊有極少數人知道他底細。若是以公儀丞作餌，誘敵來救，卻另派一人暗潛於牢獄之中與天教眾人一道，假稱是這『度鈞山人』，一路隨來救眾多教眾返回，必能探聽出許多教中祕辛，得到此教其餘據點的情況後，再伺機而退，當大有所獲！」

聽到這裡，其餘人等幾乎沒忍住背後汗毛一豎，同時也忍不住暗叫了一聲絕。

這可是個大膽的計畫啊！

可中間所藏著的機會與收穫也著實讓人有些心動。

沈琅道：「可派誰去好呢？」

是啊。派誰去？

前者以公儀丞為餌尚好；可後者，若一個不小心暴露身分，或許便要殞命於亂黨之中，實在太過危險。

眾人都擰眉沉思起來。

謝危掃看了一眼，等了有片刻，不見有人說話，才微微傾身，準備開口。

然而就在這時候，不遠處立著的顧春芳竟開了口，道：「若論智計，謝少師的名聲老臣是聽過的，本來當首推少師大人方能應付這等局面。可謝少師名頭太響，若假稱自己乃是那天教『度鈞山人』，只會要多費周折，引人懷疑。老臣這裡倒有個人選，且也精研過天教之卷宗，多有瞭解，也許堪用。」

謝危瞳孔頓時微微一縮，向顧春芳看去。

沈琅卻問：「何人堪用？」

顧春芳則是向自己身後看去，然後才道：「便是老臣的舊屬，也是如今刑部十三清吏司主事之一，張遮。」

張遮立於末尾，這一時眾人的目光，瞬間匯聚到了他的身上。

他卻低垂著眼眸，沒什麼太大的反應。

謝危靜靜地打量著這個人，攏在袖中的手指卻悄然收得緊了些：顧春芳既說了這話，他卻是不好再提由自己前去了……

第一〇六章　一念之差

南書房議事結束。

眾人都從裡面退了出來，只留下內閣中的幾大輔臣與天子少數近臣還在裡面，似乎是沈琅還有什麼別的話要說。

顧春芳才調回京城，自然不在其列。

張遮同他走在一起，稍稍落後兩步，還是那般沉默寡言。

顧春芳打量他神情，一面走，一面道：「先前南書房裡忽然提出讓你借計潛入天教假扮那度鈞山人，並沒有事先與你商量，你心裡不要介意。」

事實上也沒有辦法事先商量。

顧春芳不可能提前知道謝危今日會說什麼，一切都是隨機應變罷了。

張遮實沒有想過自己竟會這般陰差陽錯地牽扯進這些複雜的事情裡去，他此生別無宏願，不過是想多留出一些時間陪伴、照料好母親罷了。

捲入紛爭，實在是意料之外。

上一世謝危與燕臨謀反後，連帶著天教的勢力也一併絞殺了個乾淨，從上到下血洗一空，只是直到教首人頭落地，那傳說中的「度鈞山人」也沒有出現。

若真有此人，還那般重要，難道能遁天入地、人間蒸發？

於是世人皆以為天教根本沒有這樣一個人，不過是亂臣賊子故意編造出這麼一個神仙人物來哄騙教眾，以使他們更相信天教罷了。

張遮倒曾因為供職於刑部接觸過許多與天教有關的案子，也的確曾奉命查過這位度鈞山人究竟何人，可每回都查不出什麼結果，最終不了了之。

但他也有過一些懷疑。

只是這種懷疑來得毫無根據，且著實有些匪夷所思，他從未對旁人有過吐露。

這一世，卻好像有了些蛛絲馬跡。

然而，張遮想，那些與自己似乎是沒什麼關係的。

他垂下眼簾，只道：「大人往昔對張遮有栽培之恩，今次舉薦也是抬舉，萬沒有什麼介意。只是謝少師既提了此計，也許心中有合適的人選，大人這般插上一腳，或恐會令謝少師介懷……」

顧春芳一雙眼已經老了，卻越發通透。

他拈鬚道：「正因為是謝少師提的，我才要舉薦你。」

張遮頓時抬了眸望向顧春芳。

顧春芳卻是少見地擰了擰眉頭，但似乎又覺得自己這般是有點過於凝重，於是又將眉頭鬆開，笑著嘆了口氣道：「或許是老夫人老了，倒有些多疑起來。總覺得這位謝少師吧，年歲很輕，看著與世無爭模樣，心思卻很重，城府委實有些深，沒有面兒上那麼簡單。我在他這般年紀時，可還是個在朝廷裡撞得頭破血流的楞頭青，什麼也不懂呢。希望是我多疑了些吧……」

張遮於是無言。

顧春芳只伸出手來輕輕拍了拍他肩膀，道：「這回可要偏勞你了。對了，你母親近來身體可好些了？」

張遮道：「搬到京城後便好了一些，抓著藥在調養。只是她還是閒不住，總要在家裡忙些什麼。」

這也勸不住。

顧春芳忍不住搖頭：「你是個孝順孩子，我家那幾個不成器的若能有你一半，老夫可省心了！」

斜陽漸落，兩人出了宮去。

南書房裡留下來的人，過了半個時辰也從裡面出來。

謝危走出宮門時，還是滿面的笑意。

可待上了馬車，方才那些和煦溫良的神情便慢慢從臉上消退了，變成一片寂靜的冷凝。

呂顯覺得自己整個人都有點不好了，剛從蜀香客棧回來，可聽到的兩個消息直到他經過已經被查封的勇毅侯府，踏進謝府大門，還在他腦袋裡盤旋。

入了鹽場的乾股能任由人轉賣？

任為志到京城順帶連終身大事一起解決了，這兩天就要去清遠伯府提親？

這年頭的事情怎麼就這麼讓人看不明白？

他眉頭深深鎖著，也沒理會府裡其他朝他打招呼的人，一腳要跨進斫琴堂時，又想起前些天在這裡面發生過的事情，不由一陣惡寒。

那一隻邁出去的腳頓時收了回來。

左右一看，刀琴劍書都不在，便隨便叫了個下人給自己搬了張椅子，乾脆坐在了斫琴堂外的廊下，出神地琢磨著。

呂顯這是在等謝危。

然而沒料想，好不容易等到謝危回來，抬頭卻看見他的臉色著實沒有比自己好上多少，眼皮便登時一跳。

他道：「朝裡出了變故？」

冬日裡庭院花樹凋敝。

蓮池裡枯了的蓮葉乾黃地卷在水面。

謝危那蒼青道袍的衣袂，像是枚飄零的落葉。

南書房議事時發生的事情，也在謝危腦海裡轉著，呂顯問起，他便面無表情地說了一遍。

在聽到他向皇帝獻計時，呂顯整個人頭皮都差點炸起來！

「借刀殺人，好計啊！」

那一日謝危殺了公儀丞，這樣一個在天教鼎鼎有名的重要人物，想也知道若讓天教得知，不知要掀起怎樣一場腥風血雨。光是謝危這既在天教又在朝廷的雙重身分，一個不小心便是腹背受敵，若叫人知道他身上的祕密，便如那行走在兩座不斷合攏的懸崖夾縫裡的人，早晚粉身碎骨！

所以，殺人之後需要立刻對京中天教勢力進行控制。

聽話的收歸己用，不聽話的冷酷剪除。

然而動靜太大，天下又沒有不透風的牆，都是教內的勢力互相爭鬥，傳到金陵必然引起總壇那邊的注意。

謝危是有把柄在他們手中的。

他的身分便是最大的把柄。

所以這一切必得要做得神不知鬼不覺！

明明是謝危殺的公儀丞，如今卻成了順天府尹圍剿天教時所殺，這不立刻就變得「名正言順」起來？

且之後若繼續用這種方法，那簡直是上上的「借刀殺人」之計！

想也知道謝危不可能將那些聽命於他的力量剷除。

那麼，此番借助朝廷的力量，除掉的都是天教中更傾向於金陵那邊的勢力，削弱了金陵那邊的力量，謝危控制京城這一塊地方就變得更加容易。而在朝廷這邊看來，剷除天教，更稱得上是謝危的卓著的功績一件！

一石三鳥，莫過於此。

呂顯忍不住撫掌叫絕。

然而謝危臉上的表情沒有半分變動，只是淡淡地補上了最終的結果——

南書房議事，定下的那個假扮度鈞山人的人，並不是他。

而是張遮。

呂顯頓時目瞪口呆，幾乎不敢相信自己聽見了什麼：「可、可這……你竟然沒有提出反對，就這麼任由事情發展？那張遮不會壞事？」

謝危微微閉了眼道：「我覺得，顧春芳似乎很忌憚我。」

呂顯道：「這老頭兒剛從外地調任回來，往日又是河南道監察御史，活了大半輩子的人了，內裡精明是肯定的。只是你若能瞞過天下人耳目，瞞過這麼一個人也不過是多花些心思，需要時間罷了。但那張遮，若真探聽出點什麼來，倒楣的可就未必是咱們這邊的人了。」

天教有那麼多的堂口，都祕密分布在各地。

這裡面有一些便是暗中聽命於謝危的。

若是謝危自己去「假扮」度鈞山人，自然不會傷及自己的勢力；但若是張遮去，天曉得會捅出什麼禍端來！

呂顯面上是個商人，這些年做多了生意，也不喜歡遇到這種或許會有風險的事，眉頭緊緊一蹙，便道：「關鍵時候冒不得險。他既是要潛入天教教眾之中，此事本也有風險，我們不妨將計就計，趁機把此人殺了。死在教眾手中，朝廷會以為是計謀敗露，不會懷疑到我們身上。」

謝危久久沒有言語。

呂顯覺得這是最妥帖的做法，想也不想便道：「我這就去布置一番。」

他這會兒都忘了那任為志和鹽場的事情了，一拍那張椅子的扶手，站起來便要去布置。

然後下一刻卻聽背後道：「不必。」

呂顯一怔，回頭看著謝危，幾乎有些不敢相信自己的耳朵：「若放任此人假扮身分混入天教，誰也不知道會發生什麼事情！若是不先除此威脅，只恐遺禍無窮！為什麼不必？」

為什麼？

謝危腦海中竟然掠過了一張臉，是走在幽暗的宮牆下，那小姑娘的一雙眼被他手裡提著的燈籠亮光照著，要跟著那火光一起燃燒似的，灼灼而璀璨。

妳喜歡張遮？

喜歡。很喜歡，很喜歡……

這一刻他竟恍惚了一下，然後才看向呂顯那一張凝重的臉，慢慢道：「此局乃是請君入甕，張遮要孤身潛入，必定無援。此計既有我出，朝廷也必將讓我來掌控全域。張遮乃是朝廷命官，若一無所獲還殞命其中，只怕我未必不擔責招致非議。殺他簡單，卻也是遺禍無窮。不如緩上一緩，看他潛入到底能知道些什麼。若他知道了些不該知道的，在其帶著消息返京之前，找機會再將他除去，也不算遲。」

「……」

這般的行事，可不是謝居安往常的風格。

呂顯敏銳地意識到，除了謝危口中所言的這些以外，一定還有些自己不知道的因由存在。然而他沉默著考慮半晌，終究不敢問太深。

謝危站在廊下，同他說完這番話，只看了看那漸晚的天，便抬步入了斫琴堂。

呂顯卻站在廊下沒動。

他轉過身向著堂中看去，深鎖著的眉頭一挑，一下想到了什麼似的，忽然反應了過來：「等等，不對啊，張遮這個且不提。除公儀丞，再清理京中勢力，甚至借刀殺人，這分明是個連環計啊！先前殺公儀丞殺人時居然跟我說沒有計畫，不知道？」

謝危又面朝著那面空白的牆壁而立，堂內沒有點上燈盞，他的背影隱沒在陰影之中，看不分明。

但呂顯能聽到他清晰平緩的聲音。

是道：「我敢說，你也真敢信。」

呂顯：「…………」

操，以前怎麼沒發現你是這麼個賤人呢！

第一〇七章　交易所萌芽

遊廊下青石板的縫隙裡長著密密的青苔，然而在這般的冬日也顯出了些許的枯黃，姜雪寧已經靜靜地盯著那條縫隙許久了。

她的目光沉著不動。

整個人的身形也仿若靜止了一般。

周寅之曾一路隨護姜雪寧上京，又是姜伯游的舊屬，借著入府送姜伯游一些外地土產的機會入府來見姜雪寧，倒不招致太多人懷疑。

只是此刻這般，難免叫人心中打鼓。

自從他把與天教那幫人交涉的情形轉告之後，姜雪寧便是這般模樣，有很久沒有說話。

那半封信就壓在她指間。

薄薄的一頁信箋半新不舊，篇上的字跡遒勁有力，整齊地排列下來。

風吹來，信箋與字跡都在她指縫裡晃動。

周寅之也知此事非比尋常，斟酌了片刻道：「那人已經拿住，只是無論如何也不肯像之前的人一般再寫信知會，且說此事在他出來之前就已經與同伴商議好，只怕是寫了信去也無人會再上鉤了。要不，一不做二不休，直接以此二人性命作為要脅，逼他們就範？」

這是最常見的做法。

少有人能真的將生死置之度外，只要讓對方感到足夠的威脅，再硬的人都會很快服軟。

然而姜雪寧的眼簾卻是輕輕地搭了下去，竟是閉了閉眼，道：「投鼠忌器，沒有用的。」

這從一開始就不是一場公平的交易。

人固然怕死，可手裡握著剩下半封信的卻並不是被他們抓起來真正受到生命威脅的這個人，而是他散落在外面的同夥。如此即便是威脅，旁人也不放在眼底。

再說了，無論怎麼算，也是他們要更怕一些。

更怕剩下那半封信被朝廷、被蕭氏所掌控！

五萬兩白銀。

還真是敢獅子大開口！

姜雪寧的眉眼都不由變得冷凝了些，胸臆中也多少生出幾分怒意，然而最終都被她強行壓了回去：一早準備好錢，不就是備著像這樣的時候拿出來用嗎？與勇毅侯府的安危相比，身外之物實在不值一提。

只不過……

她眉頭輕輕蹙了蹙，道：「開價雖是高了些，可也不是不能接受。我怕只怕，他們說的話是假。如今是那公儀丞沒了消息，這幫潛伏於京城的天教暗樁才生了心思。可若我們給了錢，那公儀丞又有了消息，難保他們不在收了錢的情況下還要將此信呈遞，如此我們便得不償失。」

周寅之聽到這裡，欲言又止。

姜雪寧察覺到了，便問：「怎麼，有別的消息？」

消息倒是有的……

只是周寅之的職權還未大到能瞭解得太清楚，是以有些遲疑，不大敢說。

姜雪寧問起，他才猶豫了一下，道：「這位『失蹤』的公儀先生，朝廷裡倒是有了一些消息。錦衣衛裡有傳言說，順天府尹前兩日圍剿天教時，有射殺一位天教首腦，似乎就叫『公儀丞』。但我方才來找二姑娘時，又聽同僚說，此人並沒有死，只是被抓了起來，與其他天教亂黨一併關押在天牢。」

如果這消息有任意一條屬實，那些天教的暗樁準備拿錢跑路，可信度便大為增加。

不是空穴不來風！

姜雪寧垂眸，慢慢將手中那一頁信箋折了，只道：「信得信，不信也得信。只是我手中暫時湊不齊這麼多錢，便告訴那幫人，我等有誠意買下他們手中那封信，但須請他們多等上月餘。要知道，信他們固然可以呈遞給蕭氏一族，可定國公卻未必是個善類，收了信也未必不順藤摸瓜將他們連根拔起，還能算是大功一件，請他們暫時別去自尋死路吧。」

周寅之略感駭然：「可這麼大一筆錢……」

姜雪寧打斷道：「你只管去說，銀子我會想辦法的。」

便是算上前陣子姜伯游給的，還有自己手裡一些體己銀子，也湊不到四萬兩，更何況還要防備著萬一。缺的這部分銀子，難免令人發愁。

周寅之走後，姜雪寧一個人坐在屋裡，想了很久，終於還是嘆了口氣，下了決定。

她找了個人，給任為志那邊遞了話。

於是第二天一早，來往於蜀香客棧的商戶、掮客們，忽然發現了一件有些不同尋常的事情——客棧的大堂裡，不知何時竟然掛上了一塊不小的牌子，上頭寫著四川自貢任氏鹽場四成銀股售罄，得銀二萬，不日將返回蜀地，經營鹽場。至於卓筒井之用，亦將定時派快馬往京中報送消息。至於諸人所購之銀股，如有需要，無須任氏首肯，可自行轉售！

但達成轉售的價錢和金額都會記在這塊牌子上作為公示。

這牌子一掛，頓如一石投入平湖，在京中游商大賈之中激起了千層浪濤！

❀

任為志與尤芳吟的「親事」，定得很快。

自打尤芳吟將自己的打算告訴過姜雪寧，得知她並不反對之後，錦衣衛衙門這邊由周寅之發了話，當然是極其配合地把人放了回去。

當天下午任為志便去提親。

尤芳吟在府裡不過是個庶女，「關」進牢房那麼多天也沒人願意花心思撈她出來，回到府裡反而招致種種白眼，上到伯爺、小姐，下到丫鬟僕人，個個白眼。

尤月更是記恨著她發瘋險些對自己動手的事情，便要趁機報復。

誰能想到竟忽然有個人會來提親？

這一下可真是府裡上上下下都吃了一驚。

別人上門來提親，清遠伯自然不可能將人拒之門外，按禮請人進了來相談。

任為志家無親眷，京中無熟識之人，乃是自己登門前來。

清遠伯一問，他讀書歸讀書，可連個舉人的功名都沒有，還是個商人，第一時間便不大瞧得起。好歹他們是伯府，雖則尤芳吟是個不起眼的庶女，可面上也是官家出身，豈能配個商人？但隨後聽聞他家中竟然經營鹽場，且剛籌措了一筆錢要回蜀地，卻忽然心中一動。

只問了一句：你出多少聘禮？

任為志說，三千兩。

伯爺不大滿意，端茶送了客。

但這幾日也被遣散出宮回了府的尤月卻正好聽說了這件事，心思一動，竟然大著膽子，讓人將任為志請過來說話——

少有人知道，她也是認識任為志的！

那一日她因為被伯爺花了一萬三千多兩銀子才安然帶回家中，與家中鬧了好大一場，之後便不顧姐姐尤霜的勸阻，抱著自己攢的私房錢便出了門。

那時便是去找任為志買鹽場的銀股！

沒想到啊，任為志竟然想娶尤芳吟。

尤月一恨姜雪寧，事事壓著自己，讓自己丟盡顏面，二恨尤芳吟，一個妾生的庶女竟敢抄起板凳跟自己動手，恨不能找個機會置這二人於死地。

她細一琢磨，便忍不住冷笑。

很簡單，尤芳吟這小蹄子往日連府門都不怎麼出，去哪裡認識什麼外男？這任為志卻直接來提親，必定是她先前讓尤芳吟出面去問鹽場事情的時候，兩人勾搭上的。

不知檢點的賤人！

當然，心裡這麼想，話卻未必要這麼說。

尤月覺得，對自己來說，這也是個機會。

怎麼說她也是伯府嫡女，在府裡說得上話的。

當下便對任為志暗示了一番。

任為志也十分「上道」，萬分恭敬地請尤月為自己的親事說項，先塞了一千兩的紅包，說是等事成之後還要再相謝。

尤月手裡捏著錢，便高興極了。

她先前二千多兩體己銀子都買了鹽場的銀股，手裡正緊張，有這一千兩銀子自然滋潤不少。

更何況還有後續？

若尤芳吟嫁過去，怎麼說也是伯府出去的小姐，她投進鹽場的錢，豈不更有保障？

是以便假惺惺勉為其難地答應為任為志說幾句好話。

清遠伯府雖還有個爵位在，可在朝中不掌實權，前陣子為了撈尤月從牢裡面出來又破費了好大一筆，險些將伯府老底掏空。

三千兩不多，可也不少。

清遠伯剛送走任為志，其實就有點後悔了。

不一會兒尤月便來勸說，旁敲側擊，只道：「父親，這可就是您糊塗了。那小蹄子微賤出身，京中豪門哪個看得起？便是給人做妾也未必有想要的。如今這個任為志，出身雖然低了些，可好歹算是個讀書人。要緊的是家中經營鹽場。您可不知道吧，京裡面有好些人都買了他鹽場的銀股，等他回去若是成功，說不準便是個富商巨賈。更不用說如今人家還肯出三千兩的彩禮錢。甭管這人成不成事，這可是白賺的啊！是這姓任的要娶那小蹄子，便是我們回頭不給那小蹄子添什麼嫁妝，料他也不敢說什麼！」

伯爺有些為難：「可我都叫人走了……」

尤月眼珠子一轉，說：「那還不簡單？我再找人叫他來一趟，他怎會不來？您到時候見了他，就說是考驗考驗他的誠意，再順勢答應就好。」

如此一番說項，第二天任為志便再一次登門拜訪。

清遠伯端了好一陣的架子，終是將這門親事應了下來。

尤月那邊，少不得又收到了任為志遞上的又一千兩紅包。

事情便算是辦妥了。

只是任為志家在蜀地，又趕著要回去經營鹽場，是以很快便敲定了成婚的日子。時間定在一個半月之後，任為志先回蜀地，尤芳吟則在一個半月後「嫁妝」準備妥當後，再遠嫁到蜀地去。

姜雪寧聽說這件事辦成後，也不由得大鬆了一口氣，一切都在預料之中，沒出什麼意外。

但京中其餘商賈可就對此嘖嘖稱奇了。

誰都沒想到這任為志來京之後竟然真的能湊到這麼大一筆錢，而且還順帶著把終身大事都給解決了，實在叫人有些不敢相信。

三天後，任為志便啟程回京了。

客棧老闆收了些銀子負責繼續掛起那塊牌子。

來往的商販進來看見，都忍不住要議論一番。

「鹽場四成的銀股，拆作四萬股，得銀二萬兩，算起來一股得值五錢銀子，也就是五百文。我都沒想過真的會有人出錢，京城裡有錢人這麼多的嗎？」

「那可不，您還不知道呢？」

「怎麼說？」

「京城裡那幽篁館的呂老闆就出了五千兩呢，手裡攥著一萬股。也是錢多不怕，真是敢買！」

「是啊，那姓任的捲錢跑了怎麼辦？」

「這你就不懂了吧？人家都和清遠伯府談好了親事，這就是告訴你，我跑不了，且請你們放心。且銀股若能轉售，不放心他的現在就可以把銀股賣出去嘛。」

「說得輕巧，誰敢買啊！」

「是啊，別說是五錢一股，兩文錢一股我都不買。一個破落鹽場，拿著張不給人看的圖紙，誰信他有本事能把鹽場做起來？」

「奇怪，呂老闆出了五千兩而已，那還有一萬五千兩是誰出的？」

「我知道做綢緞生意的劉老闆買了幾百兩銀子的鬧著玩，反正也不缺錢，就當幫幫後輩了。你們有人想買嗎？我可以幫你們去談啊。」

「誰買這個！」

……

總而言之，眾人議論歸議論，好奇歸好奇，在任為志剛回京城的這段時間裡，有少量的銀股在外頭，卻沒有幾個人想要出價買。

便是偶有出價，也不願出五百文一股買。

有的出三百文，有的出四百文。

不過還真是奇了怪，前面五天乏人問津，到第五天的時候還真談成了一筆，綢緞莊劉老闆乃是任為志父親的朋友，看在接濟晚輩的份上花了三百兩銀子買了六百銀股捏在手裡，本就當這銀子打了水漂，沒想過還要找回來。

但居然真的有人找他買。

來談的是個姑娘，劉老闆也不認識，反正對方出價三百五十文一股，能讓他收回二百一十兩銀子，他甚是滿意，都沒多想便把手裡的銀股賣了出去。

於是那蜀香客棧的掌櫃的便換了一塊牌子，在上頭用清晰端正的筆畫記錄下了這一筆交易的股數和價錢。

掛上去的當天便引來無數人圍觀。

客棧賣的茶水錢都成倍增長，倒讓掌櫃的樂開了懷。

只是眾人看著那塊牌子指指點點，卻都是一般地大聲譏笑：「看看，五百文買進來只能賣三百五，足足虧了三成啊！那些個買了幾千兩銀子的看到這個得氣死吧？」

有人附和：「是啊，虧大了。」

有人嘆氣：「我看這鹽場這任為志不靠譜，往後只怕三百五都沒人買，還要跌呢！」

蜀地與京城可有好一段距離，所有人更沒聽說過什麼「卓筒井」，根本不相信這玩意兒能從老已經不能用的鹽井裡汲出更深處的新鹽鹵來。

這鹽場的銀股價錢便連續走低。

之後十天又交易了兩筆，然而價錢分別是三百文一股和二百九十文一股。

自打知道這鹽場銀股可以自由交易轉售之後，呂顯便時刻關注著蜀香客棧那邊的消息，在得知第一筆賣出三百五十文價格的時候便忍不住罵了一聲。

當價降到二百九十文時，差點沒氣歪了鼻子。

儘管知道自己乃是指望著鹽場成事往後分紅賺大錢，可在知道股價的時候，他實在沒憋住手賤，坐在幽篁館裡扒拉著算盤仔細一算，投了五千兩，虧了一小半！一顆心都在滴血！

清遠伯府裡的尤月更是目瞪口呆，連著好幾天覺都睡不好，暗地裡算著自己的錢，把任為志罵了個狗血淋頭。

沒有人看好鹽場。

蜀香客棧之前還有許多人時不時去看看，然而隨著銀股根本賣不出去，那板子幾天也不換一下，眾人的關注便漸漸下來了，只剩下少數人還很執著的偶爾進去看一眼。

直到任為志離開京城一個月時，一條與自貢鹽場的消息忽然在所有鹽商中間傳開——

卓筒井建起來了！

聽說建得高高的，足足有好幾丈，立起來就像是一座小樓般，看著甚是新奇嚇人。立起來之後，花錢雇來的鹽場鹽工們便用力往下打井，在消息傳來的時候比起以往的鹽井已經深了有一丈多，還在繼續往下打！

消息從鹽商之中傳到普通商人之中。

沒多久便得到了證實：蜀地任為志那邊派快馬入京來，蜀香客棧大堂的牌子上寫下了卓筒井已立起來第一架且打了深井的消息！

這一下，原本冷清了近半個月的客棧再一次迎來了眾多好奇的商賈，甚至是來看熱鬧的普通人。

比先前最盛時更盛！

手裡捏著銀股的人和考慮著要買入銀股的人，都在這裡聚集，相互談聽著情況。儘管那鹽場裡還沒有真的打出鹽鹵來，可二百九十文甚至更低的出價已經一去不復返了。三百文沒有人賣，四百文沒有人賣，五百文也沒有人賣，直到也不知有誰開出了六百二十文也就是六錢二分銀的高價，才成交了一小筆！

之前所有譏諷旁人「買虧了」的人都不免面面相覷。

更有敏銳的聰明人從這價錢的變動裡，忽然意識到了什麼更緊要的東西——

比如呂顯。

在聽人說現在有六百多文都買不到鹽場銀股的情況時，他後腦杓都炸了一下，直到這時候才有點回過味兒來，隱約明白了「銀股可自由轉售」這簡單的幾個字到底意味著什麼！

意味著不必鹽場真的已經賺到錢，只要所有人覺得鹽場可以賺到錢，銀股價錢便可飛漲！

而手持銀股之人也不必等鹽場經營好之後定期分紅，直接將手中銀股轉售便可提前獲得大筆收益！

銀子與銀股竟還有這種玩法！

簡直見所未見，聞所未聞！

呂顯不由得思量起來：是任為志自己想出這辦法，還是別的購入銀股之人想出來的辦法？他一共才入了五千兩，剩下的一萬五千兩，又都在誰的手中……

一個月眨眼便過去了。

天教那邊捏著剩下那半封信的人終於有些坐不住了，來消息催問他們何時能拿出那五萬兩銀子來，眼看著約定的期限便要抵達，顯然是有些焦躁。

周寅之也琢磨著這筆錢太大，姜雪寧哪裡去找？

他又一次來到姜府，向姜雪寧通傳了消息。

年關將近，京城裡下雪的時候也多了。

屋子裡已經燒上了炭火。

姜雪寧想著等事情一過遲早是還要回宮裡的，又知道謝危是個嚴苛人，有一陣沒碰琴，想起來時不免惴惴，又道彈琴靜心，此時便坐在琴桌前調弦。

聽了周寅之之言，她連眸光都沒轉一下，只隨手一指那桌案上，淡淡道：「一萬兩你先拿去，交給他們，請他們放心。」

至於剩下的部分……

姜雪寧手指輕輕一勾，琴弦震動，便流瀉出顫顫的音韻，在冰冷的空氣裡輕輕蕩開，她的聲音也輕輕的：「至於剩下的錢，也快了。」

再等等。

再耐住性子等等。

還沒有到價錢最好的時候。

第一〇八章 銀票

上一世的尤芳吟沒有用過這樣的法子。

只不過她提過，姜雪寧便記住了。

任為志和自貢鹽場這件事，又正好是波峰起伏，尋常人料得到開頭料不到中間，料得到中間料不到結尾，正是萬中無一適合用這種法子撈錢的典型。

只是姜雪寧也是頭回做這種事情，並無前例可以參考，因而也是時時刻刻格外小心。

唯恐一不小心就錯過了時候。

不過比起旁人來，她到底是佔有先知的優勢，所以倒沒有旁人那般焦慮亢奮，總要在蜀香客棧大堂裡面坐著等著，方才安心。

周寅之知道姜雪寧同清遠伯府的尤芳吟是有關係的，可卻不知道她們倆具體是要做什麼。但近來坊市上有一些傳聞，也曾傳到他的耳朵裡，知道尤芳吟要嫁給任為志，蜀地鹽場那銀股的事情他自然也聽說了。

原本還沒想到姜雪寧這裡來。

然而聽她此刻之言，周寅之腦海裡靈光一閃，忽然就隱隱猜著這鹽場剩下那一萬五千兩的銀股只怕有大半在姜雪寧的手裡，進而想起了早先抓了伯府嫡小姐為姜雪寧敲詐來的一萬兩銀子，心下不由得震了一震。

古樸的琴身經年在熏香之中彈奏，即便此刻周遭沒有焚香，也隱約透出幾縷幽微的禪香。

方才一勾後，琴弦的震顫尤未停止。

姜雪寧注視著這幾根弦，只問：「朝中近來有什麼消息嗎？」

周寅之道：「勇毅侯府的案子還在審……」

聽聞三法司成日吵得不可開交。

一方認為侯府雖與逆臣亂黨有信函往來，可泰半是因想要打聽二十年前定非世子的下落，實為親情所系，不能以謀逆論處，抄沒家產貶為庶民即可。

另一方卻認定打聽世子下落不過託詞。

誰都知道蕭燕兩氏那一位定非世子早死在了二十年前，要找該去『義童塚』找，勇毅侯燕牧明知對方是反賊還要聯繫，分明是有反心，即便不處以滅族之罪，罪魁禍首如燕牧者及其妻兒亦當梟首示眾以服天下。

姜雪寧聽後沉默，過了許久，竟忽然道：「謝少師如今執掌翰林院，在朝中權柄日盛，耳目該也靈通。你手底下可有合適的人，能讓他們『聽說』點消息？」

周寅之頓時一怔。

姜雪寧卻是慢慢補道：「天教那幫人從我這裡拿到錢之後，必定不會留在京城，而是想要暗中離開這是非地。你是錦衣衛，且權並不到，做不了這件事，不如，交給別人去做。」

這筆錢本是她為勇毅侯府準備的，卻是不願它落到宵小之輩手中。

然而單憑她的力量怕無法阻止此事。

更何況她也怕對方黑吃了她的錢不給信，自己沒打著兔子還被鷹啄了眼，要緊的是那封信不能有閃失，所以在自己之外，最好還要有一重保障。

❀

周寅之實在有些摸不透她的用意。

這位謝少師絕不是什麼簡單的人物，若要神不知鬼不覺讓人覺得不故意地將消息傳遞出去，不是一件簡單的事情。

然而他轉眼就想到了姜雪寧同謝危的關係。

該算是師生吧？

可既要謝危知道，又為何不直接言明？

也許這二人間的關係恐怕還有些不尋常，實在不是他能揣度，不如裝作什麼也不知道，什麼也不多想，只盡心思考怎麼把這件事辦成。

見過姜雪寧後，周寅之便帶著那一萬兩銀票離開了。

從府裡出來時，卻正好看見一輛十分普通的馬車在門口停下。

他一抬眼，竟是尤芳吟從車上下來。

兩人打了個照面。

尤芳吟見著他是怔了一怔，但緊接著就露出笑容，朝著他行了一禮，但在姜府門口畢竟不好說話，便這般擦身走了進去。

尤芳吟快出嫁了。

這兩天姜雪寧也正琢磨著找個機會叫她出來見上一面，再交代些事情，倒沒想到她自己先找上門來，不由有些驚喜。

細看這姑娘，卻是與往些日不大相同了。

大概也是知道人要出嫁，面子上的工夫伯府總要敷衍一些的，為這麼個庶女裁兩身能看的衣裳也不花幾個錢，且還指望著任為志那邊能多賺些錢，對尤芳吟自然不會太差。

一身水紅色的新衣穿在身上，面色也紅潤不少，竟是難得的靚麗。

姜雪寧拉著她看了一圈，心裡便高興起來，道：「原來我還覺得這任為志不過如此，可看著妳換了副模樣，也不用在府裡受苦，又覺得此人勉強也算配得上我們芳吟了。」

尤芳吟被她說得臉紅，訥訥道：「是、是假成婚。」

姜雪寧這才想起來，「哦」了一聲，又不由得嘆了口氣：「出嫁這樣的大事，許多女兒家一生只有一次，這樣做卻是不得已而為之，委屈妳得很。」

尤芳吟卻不覺得有什麼委屈，出嫁固然是許多人一輩子才有一次的大事，可對她來說，清遠伯府裡的日子過得實在水深火熱，若能借此機會脫逃出去，是以前想也不敢想的幸事。

這些日子以來她都不敢睡太深。

唯恐一覺睡過去，醒來卻發現這一切不過是一場美夢。

她也不知該怎麼表露自己的心緒，只認真而用力的搖頭，道：「沒有，沒有委屈的。倒是任公子答應芳吟這件事，才是有些為難了他……」

為難麼？

拿了一筆錢娶了個好姑娘，雖然是假成婚，可也是天底下打著燈籠也找不到的好事，那任為志也敢覺著自己為難？

姜雪寧心底輕輕哼了一聲。

只是當著尤芳吟的面也不說破，只道：「妳來得正好，眼看著再過些時候蜀地便會來人接妳去成親，若是晚了怕還沒機會給妳。」

她話說著，轉過身去竟又打開了匣子。

這裡頭還裝著一遝銀票。

姜雪寧拿起來便放進了尤芳吟的手中，道：「妳出門那一日我只怕也不好露面，畢竟妳姐姐尤月恨我入骨，見面說不準想掐死我。不過想也知道，以伯府那德性，還有妳那刻薄的姐姐，必定不會為妳準備多少嫁妝。原本我給妳準備的還多些，只是這些天出了意外，用錢的地方倒多起來，所以只留下這三千兩銀票，給妳拿了帶在身上，妳萬別叫旁人知曉，連任為志也別告訴。財不露白，縱然妳信他，也未必不惹來什麼別的禍端。等將來到了蜀地，若遇著個萬一，我在京城鞭長莫及，卻是照顧不了妳的，妳手裡多些錢，也好應個急。」

三千兩添給她做嫁妝！

尤芳吟嚇了一跳，但覺這銀票燙手極了，根本不敢接，連忙推了回去，驚慌極了：「我、姑娘對我已經很好了，我怎能還要姑娘的錢？」

姜雪寧便猜著她不會拿。

可這筆錢她卻是執意要塞給尤芳吟的，態度十分堅決，認真地看著她道：「這不僅僅是為了妳，也是防備著鹽場那邊有個萬一。多考慮一層總沒有錯。若鹽場經營起來，任為志給妳分紅，妳手裡有了錢當然就不必動我給妳的這一筆。等將來有機會，妳再還給我便是。便當是借給妳的，可好？」

尤芳吟這才猶豫起來。

姜雪寧又一番好說歹說，她才將這一筆錢收了下來，可一雙眼都紅了，眼眶裡盈滿淚，笨嘴笨舌，想要開口又不知怎樣開口。

姜雪寧不得已拿了帕子給她擦眼淚。

當下又是無奈又是好笑，轉移了話題道：「近來在府裡待著還好吧，妳姐姐沒有為難妳？」

尤芳吟便道：「沒有的，二姐姐聽說蜀香客棧那邊銀股跌了的時候惱火了幾天，但後來銀股又漲了，便成天歡喜，連帶著對我都好了許多，還帶我出去添置新衣，買些首飾，對我可好了。」

看來尤月過得蠻得意嘛。

姜雪寧心道且讓她再得意兩個月，回頭有她哭的時候。不過這話卻不會當著尤芳吟的面說，所以只微微笑起來道：「那便再好也不過了。」

❀

姜雪寧在等待一個合適的時機，想了想自己的計畫之後，也交代了尤芳吟幾句。

周寅之那邊的事情很快也辦妥了。

接下來一連十日，蜀地那邊又沒有了消息，但所有人都在隱隱地期待什麼，越接近清遠伯府那名庶女出閣的日子，蜀香客棧裡來往的商賈便越多。

用腳趾頭想也知道——

蜀地任氏那邊要派人過來接那名庶女遠嫁去蜀，同時也必定會帶來鹽場最新的消息，而一旦卓筒井是真的能從已經「廢掉」的鹽井裡采出更底下的井鹽來，這任氏鹽場的銀股價錢必將一飛沖天！

眾人翹首以盼，日子一天天過去。

很快到了十二月廿三，尤芳吟出閣的前一天。

蜀地來迎親的人終於到了！

這一天早晨的蜀香客棧的大堂裡，滿滿坐著的都是人，即便手裡沒有買下任氏鹽場的銀股，甚至也知道自己只怕買不到，卻也偏要來湊個熱鬧，看看這生意場上前所未有的奇景。

眾人都時不時向門口看去。

每進來一個人都要轉頭打量一番，只是一直坐到午時初，他們要等的人和消息還沒來。

眼看著就要中午，有些人便散了。

住得近的要回家吃飯。

也有人是等得不大耐煩，但更多的人卻是就在這客棧裡點了菜，仍舊執著地等著。

午初二刻，一名短打勁裝的壯碩漢子遠遠地馳馬而來，只把韁繩朝門口的小二一甩，邁著大步擦著大冷天裡的熱汗就走進了蜀香客棧，操著一副平仄不分明顯帶著有些蜀地口音的官話，大聲喊道：「掌櫃的呢？」

所有人一聽，精神頓時一震。

掌櫃的正提溜著堂倌叫他們趕緊去後廚催菜，聽得這聲音轉過頭來，看見人，眼前頓時亮了一亮：「可是任公子那邊派來的人？」

那身材壯碩的漢子爽朗一笑，露出一排白牙，顯然是快意至極，道：「正是。我乃是任公子新雇的家僕，特帶了人來京中迎未來少奶奶入蜀的。任公子做出的卓筒井在七日之前已經從往日廢掉不能再采的鹽井裡汲出了鹽鹵，煮出了新的井鹽，我走時整個自貢的鹽場都來看了。任公子著我特來客棧知會一聲，也請掌櫃的將這消息寫在板上，掛了好叫買了我們鹽場銀股的人放心！」

他聲音不小，大堂裡的人都聽見了。

於是「轟」地一下，全炸了開，大堂裡忽然之間人聲鼎沸，誰也聽不清楚誰在說什麼了。

那漢子倒瀟灑，因為還有事在身，要去一趟清遠伯府接人，沒有多留，報過消息便走。所有人都被這消息振奮了。

也有少部分人懷疑是不是任為志作假，畢竟這種事聽起來實在像是傳奇，有些匪夷所思，讓人不大敢相信。

然而下午時候便有別的消息相繼傳來。

鹽場的事情，消息最靈通的自然是各大鹽商，很快便證實這件事的確是真。

蜀地井鹽開採，鹽鹵深藏於底下，原本的井鹽開採不過往下打個井，能有三四丈深已經了不得了，更深處卻是苦無辦法。往往一口井採到三四丈打不出鹽鹵便會被廢棄。

然而卓筒井竟能打到地下十丈甚至數十丈！

打通的竹筒往下一鑽，鹹泉便從井底噴湧自上，這哪裡是什麼「鹹泉」，而是白花花的銀子啊！

江南一帶的鹽商們還好，畢竟都是靠海為生，引海水為鹽，開採經驗的技術有了變化，對他們的影響暫時還不大，只是多了競爭對手；四川一帶的大鹽商們知道這消息卻是無論如何也坐不住了，甭管在什麼地方，知道這消息後全都快馬加鞭，要趕去自貢任氏鹽場見識見識。

這卓筒井一出，已然是要改變整個蜀地鹽業的格局了！

眾人聽的消息越多，質疑的聲音也就越小，對任氏鹽場銀股的熱情也就越高，銀股的價錢自然開始節節攀升！

六百多文已經根本沒有人願意出了。

大堂裡有人喊價七百，八百，九百也無人應聲。

直到第二天忽然有一千銀股出現在市面上，然而才說要賣，便被人以一股一千文也就是一兩銀子的高價一搶而空！

姜雪寧等待的時機，終於到了。

任氏鹽場的銀股價錢當然還會繼續往上漲一段時間，只是勇毅侯府那封信的事情迫在眉睫，天教那幫人的耐心只怕也要用盡了，便是知道往後還能賺更多，她也不敢再等了。

市面上那一千銀股，便是她放出去探情況的。

但這一筆交易她沒露面，買主也沒露面，倒也相互不知對方身分。

姜雪寧當時從清遠伯府敲詐了一萬兩銀子，全都交給尤芳吟入了任氏鹽場的銀股，可以說是如今握著鹽場銀股最多的人，共有兩萬股。

前些天那位劉老闆手裡的幾百股也是她趁著價低收走的。

只不過這於她而言只算個零頭。

放出去一千股之後，她手裡還有一萬九，以如今銀股價而論也值一萬九千兩銀子。先前她手裡的錢七七八八湊湊有接近四萬兩，但拿了一部分給尤芳吟做彩禮，自己手裡也得留一部分應急，所以大約還差一萬五千兩。

可這絕不是個小數。

出得起這個錢的人不會多。

她若直接放出一萬五千股到市上，只怕便是沒事也要引起旁人疑心這裡面是不是有什麼貓膩，怎麼在任氏鹽場銀股價錢剛剛飛漲起來的時候便要拋掉？

價錢說不定還要跌。

所以姜雪寧只讓人分批地放出消息，一千股一千股地出，順便也等著魚兒咬鉤。

京中可說是但凡從商的人都在關注這件事，消息剛一放出去，便有無數人感興趣，紛紛表示願意出價。

風聲眨眼便傳到了呂顯這裡。

旁人察覺不出端倪來，呂顯卻是感覺到了一絲古怪，眼底頓時精光閃爍：「不對的，這情況是不對的。任氏鹽場的行情正看漲，能拋出一千股來還跟著又拋出一千股，背後只怕是個持有大筆銀股的人！這種時候拋銀股，要麼是不看好任氏鹽場未來的情況，要麼是……這個人現在很缺錢！」

幽篁館裡清靜無人。

謝危盤腿坐在他對面，看著他把面前一把算盤扒拉得直響，不由道：「別人缺錢，那又怎樣？」

呂顯眼珠子骨碌碌一轉，嘿嘿笑道：「當然是趁火打劫的好時候！」

他心裡早就有一些想法在轉悠，算盤扒拉到一半便放下了，竟是直接起了身來，道：「不行，這麼大好的機會，我萬萬不能錯過了！」

謝危皺眉：「我還想同你說天教的事……」

呂顯擺了擺手頭也不回：「你既然有了那幫人的消息，他們近期又要出城，將這幫人擒獲乃是輕而易舉的事，就不用同我商量了。老子趕著賺錢，你再重要的事都放著，我先出門找個人去！」

外頭正在下雪。

連著下了好幾日了。

呂顯出門前想了想，為防萬一，乾脆把銀票連著印信都揣在了身上，從小童手裡接了把傘便徑直往京中白果寺去。

他這些天可都派人盯著清遠伯府那邊呢。

對尤芳吟的行蹤，呂顯瞭若指掌。

明日便要從京城出發去蜀地，出嫁前的姑娘當然是要去廟裡進個香，為自己祈禱姻緣順遂。尤芳吟雖是假成婚，可該做的事情也是一樣不少，面上看不出什麼破綻。

這一回是有府裡一個小丫頭陪著來的。

呂顯可不將這種小角色放在眼底，隨便派了個人去便把小丫頭留在了外面說話，自己卻是半點也不客氣地叩門道：「裡面可是尤芳吟尤姑娘？在下呂照隱，有一筆生意想來找姑娘談談。」

尤芳吟今日來拜廟，還順道求了一根籤，此刻正對著籤文細看，聽得叩門聲響時差點抖了一下，再聽見外面人自報家門，腦海裡便浮出一張臉來。

二姑娘料得果然不錯，此人竟真找來了。

她心裡不由佩服極了，但也有一些緊張，強自鎮定下來，道：「請進。」

呂顯便推門進來。

一間簡單的禪房，樸素極了，掛著幅簡簡單單的「空」字。

只是抬眸瞧見尤芳吟時，他不由得怔了一怔：往日這姑娘他是曾在蜀香客棧裡打過照面的，穿著一身丫鬟穿的粗衣，甚至有些面黃肌瘦，看著雖清秀卻也十分寒酸；如今卻是稍稍豐腴了一些，兩頰也有些紅暈，不知是不是將出嫁的緣故，眉目雖不如何出眾，卻給人一種溫婉似水的感覺，有一種由內而外煥發出來的容光，目光落在他身上時，竟然讓他有了少許的不自在。

直到這時，呂顯才意識到——

是了，人家姑娘明日就要嫁人了，自己今天卻還敢跑來談生意，膽子可真是不小。

尤芳吟問道：「我好像不曾約過您，不知呂老闆找來，是有什麼生意要談？」

呂顯這才回神，一笑之後便驅除了心底那片刻的異樣，道：「旁人不知，尤姑娘與我卻該是知道的。明人面前不說暗話，今日在蜀香客棧放出風聲要出銀股的人，該是姑娘，或者說，是姑娘背後的人吧？」

尤芳吟沒有說話。

呂顯便胸有成竹地道：「呂某雖不知姑娘到底哪裡需要用到這許多的錢，但想必也是急著將銀股出手吧？只是京中關注此事的商人雖多，要能在短時間內拿出這樣大一筆錢來，只怕也找不出幾個人。我呂某人做了多年的生意，信譽沒得說。與其妳們一千股一千股往外拋，處理起來麻煩，還要小心不被人發現，不如有多少都出給了我，我照單全收。尤姑娘考慮一下？」
尤芳吟想起姜雪寧的囑咐來，便問：「你也出得起千文一股麼？」
呂顯唇邊頓時掛上了幾分似笑非笑：「市上銀股少，所以價錢高，能有這個價不稀奇。可若尤姑娘一口氣將手裡的銀股都拋出去，這價錢可就沒這麼高了。」
趁火打劫麼，就是這般的奧義。
呂顯深得其中精髓。
尤芳吟一聽這話心裡便憋了口氣，還好這些都是姜雪寧先前曾跟她說過了的，如今從呂顯口中聽到，倒沒有多少憤怒。
只是想，二姑娘果真料事如神。
連眼前這個人咬鉤之後趁機壓價都料到了。
她皺了眉道：「那呂老闆出多少？」
呂顯反問：「尤姑娘出多少？」
尤芳吟道：「一萬五千股。」
呂顯暗地裡倒吸一口涼氣，不由挑了眉道：「一萬三千兩。」
尤芳吟一聽，一張小臉便冷了下來，道：「呂老闆根本不是誠心來買的。」
呂顯卻笑：「誠心得很。」
尤芳吟想送客。

呂顯偏偏賴著不走，手指輕輕扣著桌沿，姿態瀟然得很：「妳，或者妳背後的東家，原來缺一萬五千兩啊。」

尤芳吟雙眼裡便冒出了幾分怒火。

呂顯見她這般，越發知道自己是猜對了。

那種掌控一切的感覺讓他覺著自己快意極了，便像是捏住了眼前這姑娘的命門似的，越發悠閒，補道：「尤姑娘也不必用這種眼神看著在下，在商言商嘛。做生意的，誰都有個手頭緊的時候，我呂某人也向來好心，能幫人的時候都願意幫上一幫。既然是缺一萬五千兩，不如便出一萬七千銀股給我，咱們一錘子把生意給談好，也省得姑娘再為了那些許一點小錢到處發愁不是？」

也許是這話說到了尤芳吟心坎上，他看對方的神情似乎猶豫了起來，好像在認真考慮他說的話。

呂顯便極有心機地再接再厲，繼續鼓動她。

一番話接著一番話可說得上是苦口婆心，還吉言她若一口氣將這些銀股都放到市上去的後果，只怕讓人懷疑是鹽場背地裡有什麼事，說不準連賣都賣不出去。

但尤芳吟還是沒鬆口。

這時候，呂顯便使出了殺手鐧，把臉一板，道：「話說了這樣多，尤姑娘也沒有要賣這些銀股的意思，看來這筆生意是談不成了。那呂某便先行告辭！」

說罷便起身來向尤芳吟拱手。

尤芳吟沒攔他。

呂顯從禪房裡走了出去，同時在心裡面默默地數著，果然，才數到三，背後就傳來忙慌慌的一聲：「呂老闆留步！」

一抹得逞的笑便從呂顯唇邊溢出。

他知道，事情已經成了。

這種談價講價的法子，雖然老，可到底屢試不爽啊！

只不過這時候他背對著尤芳吟，是以也根本沒看見這老實姑娘臉上忽然劃過的一抹同樣放下心來的微微笑意。

一個急著要錢，一個急著要股。

雙方一拍即合，呂顯是帶著銀票與印信來的，志在必得，自不必說；可讓他覺得有些驚訝的是，尤芳吟竟也隨身帶著印信，幾乎立刻就與他簽訂了契約。

一手蓋印信，一手交銀錢。

呂顯拿了契約走，尤芳吟拿了銀票走。

從白果寺離開時，呂顯簡直大為振奮，心道任氏鹽場這大多數的銀股可都握在自己手裡了，將來只等那白花花的銀子入帳。

可走出去三里地之後，面上笑容卻忽地一滯。

他契約揣在懷裡，腦海裡卻瞬間掠過那尤府庶女也從身上取出印信時的畫面，腦袋裡幾乎「嗡」地一聲：如果不也是志在必得，如果不是早有準備，誰出門上香的時候竟會帶著印信！

他是趁火打劫來的。

可人家難道能不知道有人會趁火打劫？

這一想竟覺得心裡涼了半截，頓時知道自己太著急了：「絕對缺錢！對方絕對瘋了一樣缺錢！我若再沉得住氣些必定能壓下更多的價啊！該死……」

竟然跳進了別人準備的套！

呂顯一張臉都差點綠了，一條路回去本來只需半個時辰，他卻是走一陣停一陣，愣是走到了天黑，回到幽篁館時神情簡直如喪考妣，可怕極了。

謝危這時還沒走。

聽見推門聲抬頭看見呂顯一身寒氣走進來，眉梢不由微微一挑：「你這是怎麼了？」

呂顯鐵青著一張臉沒有說話，只把那張契約放在了桌上。

謝危瞧了一眼，道：「這不是談成了？」

呂顯道：「價錢我出高了。」

對一個從商之人來說，能用更低的價錢拿下的生意出了一個更高的價錢，絕對是莫大的恥辱！

呂顯現在回想，就知道自己那時是上頭了。

謝危聽他這話的意思，卻是一下明白他臉色為何這麼差了：呂照隱這般的人，便是能占十分的便宜便不願退一步只占九分，一定要十分都占滿了才覺得自己不虧。想來是銀股雖拿到了手中，可價錢本能太低，他卻沒壓下來，因此惱恨。

天知道這會兒呂顯滿腦子都是尤芳吟那張臉，過了這一遭之後又不由想起早些時候被人搶先一步的生絲生意，越琢磨心裡越不是味兒，暗道這梁子結得深了。

足足緩了好半天，他才強迫自己將這惱恨壓下。

然後才注意到謝危這樣晚的天，竟還沒走，於是道：「你怎麼還在？」

謝危卻是看向了窗外，靜靜地道：「今夜有事，在等消息。」

❀

天黑盡了。

那一萬五千兩銀票從尤芳吟手中轉到了姜雪寧的手中，又到了周寅之的手中，最終交到了兩個黑衣蒙面之人手中。

周寅之只帶了衛溪。

對方也只兩個人。

倒是信守承諾，一手交錢，一手交信。

想來雙方都甚是謹慎，又因此事極為特殊，更不敢讓更多的人知道，一邊查過信沒問題，一邊看過銀票沒問題，便連話都不多說上一句，各自轉身就走。

那兩名黑衣人趁著夜色遠去。

走至半道上，左右看看無人，便進了一條巷子，再出來時已經換上了尋常的衣物，將一張臉露出來，皆是平平無奇模樣。

公儀丞已經沒了消息。

銀票又已經到手。

這幾個人心裡面還想勇毅侯府也算得上是一門忠烈，也曾想過要與天教共謀大業，他們把信賣了也算做了件善事。但待在京城，只恐夜長夢多，是以拿到錢後當夜便想借著天教留在京中的一些關係離開京城，遠走高飛。

然而就在他們懷揣著巨額銀票，接近城門，對著往日與他們接頭的人打出暗號時，迎接他們的竟是城門上飛射而下的箭矢！

嗖！

嗖嗖嗖！

黑暗中箭矢上劃過鋒利的光芒，輕而易舉便沒入了這些人頭顱，他們懷裡的銀票都還沒揣熱，根本都還沒想明白發生了什麼，就已經撲倒在地，瞪著一雙雙眼睛沒了氣。

城門樓上，早埋伏在此處的刀琴俐落地收了弓，站在門樓不易被人察覺到的黑暗角落裡，吩咐身邊其他人道：「下去仔細搜搜，看看有沒有先生要的東西。」

立刻便有幾條影子從上頭下去。

上上下下一番仔細地搜摸，卻沒摸著什麼信函，反倒摸出了厚厚一遝銀票，遞交到刀琴手中，遲疑地道：「刀琴公子，都搜遍了，這幫人身上都沒有。」

刀琴一接過那厚厚一遝銀票，便皺了眉頭。

眼下死在城樓下的都是暗中聽公儀丞調遣的人，不該有這麼多的銀票才對。

這幫人的錢從哪裡來？

他略略一想，心裡面忽然有了個極其不好的預感，面色頓時一變，竟是連話都不說了，徑直下了城門樓便翻身上馬，直朝著幽篁館的方向疾馳而去。

屋子裡點著燈，卻忽然爆了一下燈花。

呂顯黑著一張臉打算盤，聲音格外地響。

謝危手裡摸著一枚白玉棋子，盯著自己面前的棋盤，卻是好些時候沒有動上那麼一下了，直到外頭有小童通傳說刀琴公子回來了，他才陡地抬眸，一雙靜寂的眼底竟埋藏著幾分閃爍的殺機！

刀琴走了進來。

謝危問：「怎樣？」

刀琴情知事情緊急，別的話都不敢多說，但將先前從那些人身上搜來的那厚厚一遝銀票呈遞給他，道：「沒有查到公儀丞讓他們送的信，只在他們身上搜到了這五萬兩銀票！」

「只有銀票，沒有信？」

謝危心底陡地一寒，竟覺一股戰慄之意從脊椎骨上爬上全身。

他太瞭解人心了。

幾乎瞬間便猜到發生了什麼：與公儀丞失去聯繫後，這幫人手裡有信函，必定生了貪念，用這封信換了這一大筆的錢財！

手裡壓著的那枚棋子，頓時硌入掌心。

謝危眉目間戾氣劃過，棋盤上黑白的棋子在眼底晃動，叫他心煩意亂，竟是抬手一推將這棋盤掀了，震得棋子落了滿地。

劈裡啪啦。

卻襯得這屋裡屋外，越發靜寂。

呂顯心情也不大好，可這時候連點大氣兒也不敢喘。

只是他目光不經意從那一遝銀票之上劃過時，卻忽然沒忍住「咦」了一聲：面上這兩張銀票，看著怎麼這麼……眼熟？

他心頭突了一下。

一個驚人的想法忽然劃過了他的腦海，讓他伸手將這一遝銀票都抓在了手中，一張一張仔細看了起來。

越看，一雙眼便越是明亮。

呂顯心跳簡直快極了，甚至有一種說不出的亢奮襲來，直接將其中一萬五千兩銀票抽了出來，放到謝危面前，顫抖著聲音道：「你認得出來嗎？」

謝危皺眉：「什麼？」

呂顯深吸了一口氣：「這分明是我下午帶出去買那鹽場銀股時用的銀票！通亨銀號，一連十五張，不僅是記號，甚至連我走時揣進懷裡留下的折痕都一模一樣！」

這意味著什麼，可真是再明白不過了！

呂顯生怕謝危不信，只一張張將這一遝銀票在謝危面前鋪開，將中間那些確鑿的細節都指給他看：「我便說好端端的怎麼忽然要拋掉漲勢大好的銀股，沒料著是要用在這裡。若出這銀票的人便是那封信的買主，這個人必定與清遠伯府那庶女有千絲萬縷的關係！」

而且……

什麼人會花這樣大的價錢買下這樣一封可稱得上是侯府罪證的信函呢？

要麼是恨不能置侯府於死地的大仇家。

要麼……

謝危忽然沉默了幾分，修長的手指輕輕搭在了桌上一張平鋪的千兩銀票邊沿，心思流轉間，折了一角起來，竟看見那銀票邊緣留下了零星的幾點窄窄的墨跡。

他眉頭皺起，目光落在上面不動了。

呂顯也注意到了他所看的地方，不由一怔，道：「我怎麼不記得先前有這些墨跡……」

謝危抬眸看了他一眼。

接下來，卻似想到點什麼，一張一張將這十五張銀票全都翻到背面。

呂顯頓時目瞪口呆。

因為每一張銀票右側邊沿，竟然都有著窄窄幾點戛然而止的墨跡！

謝危略一思索，便調整著順序，一一將這十五張銀票對著右側邊沿的墨跡排列起來，一張疊著一張，卻依次錯開窄窄的一條，所有的墨跡便如拼圖一般吻合上了。

竟然是有人在銀票上騎縫留了字！

不算特別工整的字跡，甚至還有點潦倒歪斜，讀來居然有幾分委委屈屈、可憐巴巴的味道，寫的是：『先生，是我。我知錯了。』

末尾還畫了只小王八。

這一瞬間，謝危一下沒忍住，笑出聲來，眸底的戾氣忽然冰雪似的全化了個乾淨。

第一〇九章 自問坦蕩

那是……

什麼玩意兒？

呂顯坐在謝危對面，那幾個字又不很工整，他看得極為費力，忍不住前傾了身子要把腦袋湊過來細看：「寫的什麼，是留的什麼暗號嗎？」

然而他才剛將腦袋往謝危這邊湊了一點，謝危眼眸便抬了起來，眸光淡淡地看了他一眼。

手底下十分自然地把那一遝拼起來的銀票收了。

呂顯目瞪口呆。

謝危解釋了一句：「不是寫給你的。」

「……」

呂顯的臉上忽然出現了一點懷疑，暗自拿目光去瞟那已經重新歸攏整齊的銀票。

眉頭一皺，語出驚人：「尤芳吟寫給你的情書？」

「……」

狗嘴裡吐不出象牙來。

先前籠罩在謝危身上的陰霾也隨著先前融化冰雪似的一笑而消散，謝危整個人看上去又恢復了往日遺世獨立般的淡然平穩，只道：「不是。」

呂顯道：「我猜也不是。人家尤姑娘都要成婚了，且跟你也沒交集，也不至於這時候給你寫東西。那到底是哪個姑娘寫給你的情話？」

謝危眉尖微蹙：「什麼情話不情話？」

呂顯的目光沒從他手裡那一遝依舊沒放下的銀票上移開，眼底透出了幾分審視的鋒利：「不是姑娘寫給你的，事關重大，為什麼我不能看？」

從直接聽命於公儀丞的天教暗樁身上搜出來的五萬兩銀票，裡面有他之前付給尤芳吟的一萬五千兩，這十五張一千兩的銀票疊一疊拼起來竟然藏有暗字。

整件事都關乎勇毅侯府安危啊。

謝危看了這訊息過後便似乎放下了心來，好像這件事已經控制住了，沒有什麼大不了。

然而呂顯的感覺恰恰與謝危相反。

倒不是這件事本身讓他有多忌憚，更讓他隱隱感覺到不安和警惕的，是謝危方才那一瞬間所展露出來的狀態，一種他覺得不應該出現在謝危身上的狀態。

謝危還真被他問住了。

這樣的字跡，這樣的語氣，還有那自己曾見過的一隻小王八，便是沒有一個字的落款，他都知道這字是誰留下的了，也就知道了尤芳吟的背後是誰，所以才放下心來。

按理說此事與此字他都該給呂照隱看的。

然而……

他竟然不想。

雙目抬起，不偏不倚對對面投來的目光撞上，謝危也是敏銳之人，不至於察覺不到呂顯方才的言下之意。

呂顯道：「你知道認識這麼多年，我最佩服你的是什麼嗎？」

謝危暫時沒開口。

呂顯便扯了扯唇角，然而眼底並無多少笑意：「不是你的智計，也不是你的忍辱——是你不近女色。」

然而謝危從頭到尾捋了一遍，並不覺得自己有什麼地方做得失當，寧二是他的學生，不過不管是這字還是這畫都不大上得檯面罷了。

而且……

寧二畢竟與旁人不同。

他一不過為探這小姑娘的虛實，二不過想約束她教導她不使她走上歪路，自問除此之外並無什麼私心，更無男女欲色之求，當她是學生，當她是晚輩，是以坦蕩，覺著呂顯是杞人憂天。

謝危將那一遝銀票壓在了自己手邊，依舊沒有要還給呂顯的意思，道：「不過些許小伎倆，玩鬧上不得檯面，給人看了也是貽笑大方，你多慮了。」

呂顯忍不住要判斷這話真假。

但看謝危神情的確毫無異樣，這一時倒真有些懷疑起是自己小人之心疑神疑鬼：「不過多慮一些總比少想一些好。看來此次的麻煩是已經解決了，不過是你看出了信落到誰手中，還是對方在訊息中言明瞭？如果是後者，我們行動的消息，你有提前告訴別人？」

「……」

謝危壓在銀票上的手指似有似無地凝了一下。

呂顯瞧見頓時挑了眉。

他與謝危認識的時間實在是有些久了，以至於一看對方這細微的神情便知自己大約是戳到了什麼點，但聰明人話到這裡便該打住了。

往黑漆漆的窗外看了一眼，呂顯道：「你該回去了。」

謝危起身告辭。

臨走時也帶走了那一萬五千兩銀票。

呂顯沒攔，送到了門口。

然而登上回府的馬車，謝危靠坐在車廂裡，盯著手裡那遝銀票上的墨跡，著實想了很久。

到得府門口時，他下了車。

刀琴看他神情有些不對。

謝危垂眸，卻也不知想到什麼，忽然笑了一下，道：「明日去姜府，叫寧二過來學琴。奉宸殿雖不用去了，但學業不可落下。」

周寅之暗覺駭然。

姜雪寧那邊湊到足夠的錢是下午，這樣大一筆錢要直接給人也實在不能甘心，且這幫人還是天教祕密留下的暗樁，便是截獲不了這筆錢，抓到這幫人也能立下一功。

所以在透露消息給謝危那邊時，她也做了第二手準備。

傍晚時才與對方交易是故意的。

城內埋伏太過打眼，所以他讓周寅之另找了名目調動了一些錦衣衛埋伏在城門外，連先前他們抓起來的那兩個天教逆黨都放了出去，只等這一夥人出城來便將其截殺，看看能不能撞個運氣把這五萬兩拿回來。

可等了一夜，無人出城。

周寅之次日清晨到的衙門，便聽同僚提起，說昨夜城門守衛處射殺了幾個天教亂黨，似乎是他們出錢買通守衛想要出城，但沒想到城門守衛這邊乃是虛與委蛇，只等他們自投羅網。

那幾個天教亂黨周寅之可是打過交道的。

江湖人士講義氣但很精明，能通過蛛絲馬跡知道自己的眼線已經被抓，然後拿了半封信出來逼迫他們就範，談一筆膽大的生意，怎會跌在買通城門守衛這一環？

除非與他們聯繫的本就是他們信任的人！

但箇中出了變故。

對方出賣了他們，反將他們坑殺。

內裡牽扯到的事情必定複雜，周寅之對天教內部的瞭解是不夠清楚，但驟然聽得這消息已經能夠清晰地感知，這件事的背後除了他與姜雪寧在謀劃之外，似乎還籠罩著一層厚厚的、莫測的陰影。

更為龐大，更為隱祕。

不得不說，那一刻他聯想到的乃是先前姜雪寧吩咐他把消息透出去的事：會與那位他從未打過交道但素有聖名的謝少師有關嗎？

周寅之再一次地感覺到，在這一座雲譎波詭的京城，他不過是被這洶湧大海掀起來的一小朵浪，與躺在淺灘上那一粒粒被浪帶來帶去的沙並無任何區別。

入世界，方知世界大。

自成為錦衣衛千戶又在衙門裡站穩了腳跟以後，他其實已經開始考慮，在勇毅侯府倒下之後，姜雪寧這樣一個無足輕重的小姑娘，還能為自己帶來什麼？

然而這一次，他發現——

連這個小姑娘，自己似乎都還未探到真正的底。

周寅之再一次地來到了姜府，卻是收起了自己在下屬面前的架子，只如初到京城還在姜府做事時一般，顯得謙卑而隱忍。

姜雪寧昨夜沒等來周寅之那邊的消息，今早還在擔心。

沒想到正想著，他倒來了。

她便問：「怎麼樣了？」

周寅之把昨夜的情況與今早在衙門中的聽聞，一一敘說。

他觀察著姜雪寧的神情。

出奇的是，姜雪寧似乎並沒有他所想的那般凝重，倒像是意料之中一般，鬆了口氣，然而過後又顰蹙了眉頭，似乎在放下心來之餘，又添上了幾分隱隱的憂慮。

周寅之試探著道：「要暗地裡查一查嗎？」

姜雪寧扶著那雕漆紅木几案的邊角，緩緩地坐了下來，幾乎是立刻搖了頭，道：「不要查。」

這種時候，做得越多，錯得越多。

她道：「事情我已經知道了，你回去吧，往後便什麼也不要管了。」

周寅之卻覺得她今日說話比往日任何一次說話都要深奧，透著一種讓人捉摸不定的莫測，以至於他表現出了少見地遲疑。

姜雪寧道：「還有什麼事嗎？」

周寅之這才收斂心神，雖然想問這件事背後到底有什麼隱情，可想起她當日也無端道破自己想潛入勇毅侯府背後的意圖，對著眼前的小姑娘竟生出幾分忌憚，也怕讓她對自己心生不滿，便道：「沒什麼，只是有些意外。那下官便先回去了，二姑娘再派人來找我便是。若我不在府衙，找衛溪也行。」

姜雪寧想起當日在周寅之府裡看見的那名臉紅的少年郎，心道這倒是個不錯的人選，於是點了點頭：「知道了。」

周寅之這才告辭。

他人才一走，姜雪寧靜坐了很久，忽然就抱著自己的腦袋往桌上撞了一下：「果然是他，要完蛋了！」

那可是五萬兩啊！

抵換了燕臨送給她的那麼多東西，貼了自己的體己，還把手裡漲勢正好的任氏鹽場銀股給賤賣了，這才好不容易湊齊的。

平白受了天教這幫人的脅迫，雖也算是花在了刀刃上，可心裡總歸有些不爽。

且她也擔心這幫人黑吃黑，所以不得不做三手準備。

第一，是自己這邊老老實實給錢，若能順利拿到信自然再好不過。

事實上這一點奏效了。

對方的確頗守信用，也或許是覺得他們肯為勇毅侯府的事情奔走出錢，也應該是守信諾的忠義之輩吧，還真把信交到了她的手上。

第二，派了周寅之那邊埋伏在城門外，以防萬一，不管是堵著信還是截回錢，都算是功勞一件。

這一點沒能奏效。

這便與第三點有關了。

第三，她還吩咐了暗中將消息透出去，使謝危那邊察覺到蛛絲馬跡，進而也摻和到這件事裡，可以說是為大局加了最後一重保障。

因為她不敢說前面兩點自己都能萬無一失。

這可是關係到勇毅侯府存亡的大事。

損失金錢，甚至暴露自己，在這件大事面前都變得渺小，不值一提。

姜雪寧冒不起失敗的險。

所以她賭了一把——

賭她上一世所認識的謝危暗地裡是一個強大到令人恐懼的人，賭這個人只要知道消息便一定有掌控全域的能力，也賭他對勇毅侯府的在乎，或者說，是賭……

上一世尤芳吟那個從未得到過任何人證實的猜測！

然而，姜雪寧都不知該說是幸運還是不幸，這個猜測，幾乎在這一次被這一世的自己證實了！

試問，謝居安出身金陵長在江南，與勇毅侯府從未有過深交，教燕臨也不過是在文淵閣主持經筵日講時順帶，既無切身的利害關係，更無患難相報的深厚情義，只不過得到一點捕風捉影的消息，便肯捨了大力氣、甘冒奇險在城門內設下殺局，手段之狠、行事之利令人膽寒，豈能是真與侯府沒有半點關係？

上一世，姜雪寧也知道一個祕密。

那就是，那個後來回到蕭氏吊兒郎當色字當頭氣得整個蕭氏暴跳如雷的蕭定非，壓根兒不是真的定非世子！

當時這人是喝醉了。

朝野上下對這個人到底是不是真的世子，一開始是深信不疑的，畢竟什麼當年的事情他都知道，可時間一長，總覺得小時候那樣好的人怎長成了這樣，暗地裡不是沒有過非議。

她也對此頗有想法。

於是，便趁著那時候，頗有心機地問他以往「流落在外」時的經歷。

結果這浪蕩子搖搖晃晃，竟趁著亭中沒人看見，故意占她便宜一般湊到她近前來，嘴唇幾乎貼著她耳廓，道：「娘娘是以為我喝醉了，說不準會說出什麼『真話』來吧？」

姜雪寧一驚，便要退開。

沒料想這人竟用力拽住了她袖子，頗為邪氣地扯開唇角，目光灼灼地鎖住了她：「若娘娘肯陪我睡上一覺，我便告訴妳，我的確不是那個『定非世子』。」

他說他的確不是定非世子！

這讓她驚了一驚。

然而此人行止之大膽，實在大出姜雪寧意外。

她沒想對方在宮中也敢如此放肆，頓時冷了臉，甩開他手退了開。

蕭定非腳底下有些晃，不大站得穩，可唇邊的笑意非但沒消減反而更深了，竟將方才拽了她那華麗宮裝的袖子的手指放到鼻下輕嗅。

眼神裡刻著的都是叫人惱火的孟浪。

姜雪寧目光寒下來：「你找死！」

蕭定非卻眉梢一挑渾然沒放在心上，反而將那食指壓在自己唇上，烙下一吻，輕笑道：「我看是娘娘不知自己處境，成日刺探些自己不該知道的事。若那人知道妳今日聽見我說了什麼，只怕便是他不想，還要同我算帳，也得要先殺掉娘娘呢。」

去為她取披風來的宮人這時回來，見到蕭定非都嚇了一跳。

她閉上嘴不再說話。

蕭定非卻是沒個正形兒，歪歪斜斜向她行過禮，便從亭中退了出去，大約又是回了宴上。

從那時開始，姜雪寧便總忍不住去想：蕭定非說的「那人」是誰，「他」是誰？而且或許還不打算殺自己，那便證明對方至少有這樣的能力……

可左思右想也沒什麼頭緒。

但那些本該真正的定非世子所能知道的一切事情，無論巨細，蕭定非都知道，所以她唯一能確定的是：如果背後有籌謀之人，必定與那位真正的定非世子有莫大的聯繫！說不準，便是真正的定非世子本人！

然而直到自戕坤寧宮，也沒堪破箇中隱祕。

如今……

額頭磕在雕漆方几上的姜雪寧，一念及此，忽然又把腦袋抬了起來：「怎麼可能？」

眉頭皺起，她著實困惑不解。

如果這人是謝危，依蕭定非所言，他怎麼可能不想殺她呢？

不……

現在還不能肯定這人就是謝危。

京中未必沒有別人插手此事，也許的確是天教那幫人自己行事不小心敗露，被人抓了破綻呢？

關鍵在那十五張銀票。

若幕後之人的確是謝危，又有呂顯在，對方一定會認出這十五張銀票的來歷，略加查看便會發現騎縫寫在銀票上的字，進而知道她的身分！

姜雪寧正是怕背後之人是謝危，所以考慮良久，才在銀票上寫了那番話。

因為她沒有更多的時間去兌換銀票。

且即便是兌換，這樣大的一筆錢想查也能查到。

若背後之人不是謝危，當然沒什麼關係，旁人即便發現也不知道這是什麼意思，於她而言無非就是多做了閒筆，五萬兩銀子打了水漂；可若的確是謝危橫插一腳將人截殺，看見銀票後又沒看到信，必定下了死力氣去查信函去向。

紙包不住火。

更何況她勢單力孤如何與謝危相提並論？

為防萬一，不如自己先低頭認錯，因為她的確並無惡意，反而還幫了勇毅侯府大忙。若是等謝危自己查出來，再認錯可就晚了，少不得引起對方的猜疑與忌憚。

而且……

她還指望著若是謝危，那五萬兩說不準能要回來呢。

所以，那十五張銀票到底到了誰手裡？

姜雪寧眼皮莫名跳了起來。

方才出去支領月錢的棠兒這時回來了，但面上卻帶了幾分小心，對著姜雪寧道：「二姑娘，前廳來了個人，說是謝少師那邊吩咐，請您去學琴，無論如何，功課不能落下。」

姜雪寧：「……」

一種不祥的預感襲來。

她按住了自己的眼皮：「好，我改日就去。」

棠兒戰戰兢兢：「那人說，不能改日，謝少師忙，您得今日儘快去。」

姜雪寧：「……」

這麼急，是趕著教完了她的琴去投胎嗎？所以那十五張銀票果然是落到姓謝的手裡了吧！

第一一〇章　小騙子，死要錢

心不甘，情不願，姜雪寧還是一頓收拾，抱著自己帶回來的琴去了謝府。

不過是前不久來過一趟，府裡的下人竟好像還記得她。

帶著她一路從門口進來，直往斫琴堂去。

庭院邊上栽種著猶綠的文竹，池塘的枯荷上覆著一層尚未融化的白雪，青色的魚兒都在荷葉下面，偶爾游動一下。

江南水鄉似的庭院。

這在京中並不多見，甚為精緻。

然而此刻的姜雪寧卻無心欣賞，滿腦子都是謝危那一雙眼睛帶著幾分審視地晃悠，直到下人同她說「到了」，她才醒轉，忙道了聲謝。

謝危在堂內好整以暇，端了盞茶站在窗邊，已經等了有一會兒。

姜雪寧在外頭磨磨蹭蹭不是很想進來。

謝危輕輕將那盞茶擱在了窗沿，頭也不回地道：「那樣大的事情都敢插上一腳，這時候叫妳來學個琴，膽子倒像是被蟲啃了。妳不進來，是要我出來請妳？」

姜雪寧臉色微微一青，終於還是一咬牙，小心翼翼地跨過門檻，走了進來，向謝危斂衽一禮：「學生見過先生。」

謝危這才回身看她。

小姑娘抱了張琴，連頭也不敢抬，往下埋著，一雙眼睛彷彿盯著自己的腳尖，就留給他一個頭頂，看著倒像是個膽小怕事不折騰的閨秀模樣。

可惜就是不大聽話。

他今日在家中，穿著一身寬鬆的蒼青長袍，一指旁邊已經空出來的琴桌，示意她把琴先放下，然後便淡淡問：「知道錯了？」

一聽見這話，姜雪寧全都明白了。

這不就是她先前寫在銀票上的話嗎！

姓謝的果然拿了自己的錢！

姜雪寧心裡喊了一聲，但放下琴也不敢坐，只規規矩矩地立在旁邊，老老實實地道：「知道錯了。」

認錯態度一定要好，無論怎樣也別狡辯。

謝危說她錯了她就是錯了！

然而沒想到，謝危下一句是：「哦，錯哪兒了？」

姜雪寧：「……」

她是隱隱約約覺得自己若不先認錯會死得很慘，可真要她說出自己哪兒錯了，仔細一琢磨，又很難說出來：畢竟她也不覺得自己有錯。

謝危把那一遝銀票扔在了書案上，也扔到了她眼前，銀票背後那每一張上都不多的墨跡便出現在了姜雪寧的眼前。

她看得眼皮直跳。

謝危道：「這不做得很好嗎，連先生都被妳蒙在鼓裡呢。」

姜雪寧只覺得這人今日說話格外地夾帶著一種揶揄的味道，讓她忍不住想要張口反駁，然而想想敵強我弱，終究還是認慫不敢。

她悶悶地道：「事情這樣大，學生也不敢信別人。」

謝危只問：「妳怎麼知道會是我拿到這銀票？」

姜雪寧老實得很，不敢有什麼隱瞞：「是我託錦衣衛千戶周寅之大人放出的風聲，我知道先生知道，所以猜是先生。」

但她還是略用了點心機。

既不說是「我派周寅之」，也不直呼周寅之姓名，而是說「錦衣衛千戶周寅之大人」，儘量撇清自己與周寅之的關係，避免讓謝危覺得她暗中培養自己的勢力。

畢竟她自覺與周寅之就是與虎謀皮。

若因此再被謝危記恨一番，豈不冤枉？

謝危又道：「那又為什麼放風聲給我？」

姜雪寧忽然有些啞口無言。

謝危的目光便定在她臉上，她悄然間偶一抬眸撞上，只覺那烏沉沉的眸底凝著些鋒利的審視，便又嚇得把腦袋埋下去，連忙道：「除了謝先生之外也不知道別人了，總覺得謝先生若是知道也許會想想辦法，死馬當做活馬醫罷了。」

死馬當作活馬醫？

如此罷了？

謝危繞著她踱了有兩步，竟陡地笑了一聲，饒有興味地道：「我看著像是好人？」

姜雪寧可不敢說自己是為了試探什麼，也不敢說自己別的打算，豁出去了繼續瞎扯：「謝先生也是燕臨的先生嘛，而且那種時候還為燕臨行了加冠禮。侯府蒙冤，乃是忠良，若是事情有些轉機，想必謝先生能幫則幫，不至於袖手旁觀，更不至於落井下石。既然如此，不妨一試。如今果然證明，先生您宅心仁厚，是個好人嗎？」

謝危道：「小騙子說得比唱得好聽。」

一張小嘴叭叭就給人灌迷魂湯，生怕誇得人找到北了，黑白分明的兩眼珠子機靈地亂轉，臉上還掛著幾分甜甜的討好的笑，說出來的話卻沒一句能信！

姜雪寧站在他面前真是拘束極了，莫名覺得渾身刺撓，總想要動動腳，動動手，偏又要忍住了不敢動，憋得難受。

聽見謝危說她「小騙子」，她也不敢反駁。

當下抿著唇，苦苦思索自己如何才能脫困。

謝危卻道：「只怕妳也不能肯定是我，但假若是我的話，又怕事後被我查探看破。不如預先便寫上。拿著銀票的人不是我，妳寫的旁人也看不懂；若拿著銀票的人是我，便算是妳賭對了，無論如何不吃虧。」

他說的全中。

謝危這人就是腦子太好使，好使到讓人害怕。

姜雪寧最怵的就是立在他面前，這會兒都被戳破了，只好硬著頭皮認了，小聲道：「謝先生明察秋毫，學生有什麼小心思都被您看破，不敢說不是。」

這會兒認下來，倒還算老實。

寧二喜歡的雖不是燕臨，可自來人的感情也不能強求，不能說燕臨喜歡她對她好她便也要回報同樣的感情，以寧二往日跋扈刁鑽的行事，能惦記著燕臨往日的情分，捨這五萬兩巨財來救人救侯府，已是極為難得了。

便是謝危真的鐵石心腸，也不至於對她怎樣。

當下只垂了眸，向她伸手：「信帶了？」

之前被他的人找上門來要她來「學琴」，姜雪寧便隱隱料著眼下會發生什麼，此刻都不敢多嘴一句，便把那封信從袖中取了出來，畢恭畢敬地交到了謝危手中。

一開始給了一半，後來又給了一半。

湊起來就是整的，都被她裝在了一個信封裡。

謝危伸指夾了信出來便展開迅速讀了一遍。

久久沒有言語。

一張臉的神色卻有隱隱的變化，沉下來許多，甚至有那麼片刻的失神和恍惚。

姜雪寧偷偷看他。

他才沉默著重將信箋折了起來，問她：「妳看過了嗎？」

姜雪寧頓覺頭皮一麻，天知道她來之前最怕的就是謝危問起這個問題，如今果然問道，她知道自己若說自己沒看過，便是鬼也不信，只好硬認了下來：「看過了。」

信中所陳，卻是勇毅侯府燕牧主動提出要與天教合謀！

稱得上是驚世駭俗！

謝危便道：「妳先前說，妳覺得勇毅侯府乃是一門忠良，所以不願看他們蒙冤受難，然而看過這封信後，還覺他們是蒙冤嗎？」

這是什麼恐怖的問題！

姜雪寧額頭上冷汗都差點下來了。

朝野上下誰看了這封信還覺得侯府是蒙冤？她若覺得侯府是蒙冤，又是何居心？可若覺得侯府不是蒙冤，眼前這個人可是謝危，說出來不是找死？

只不過……

姜雪寧心跳忽然快了幾分，強忍住心頭那一抹不安，磕磕絆絆地道：「正是因為如此，學生才想要先生來分辨一二。也許這中間有什麼誤會也不一定，可信一旦呈遞朝廷便不能收回，朝局又如此複雜，學生是不敢的。」

「我倒不知還有妳不敢的事。」謝危淡淡地道了一聲，將信放了回去，卻沒有還給姜雪寧的意思。「中間能有什麼誤會呢？」

姜雪寧大著膽子看了他一眼，道：「聽說朝中有些傳聞，侯爺乃是想查探二十年前理應與三百義童一道殞身的定非世子的下落，才甘冒奇險與平南王逆黨有信函往來。如果，如果是那天教陰險，以此作餌，侯爺虛與委蛇，假借合謀之名想得知世子下落，也未可知？」

「……」

這一剎那，謝危的目光變得冰冷至極，直直地落到了她的身上，彷彿要在這電光石火之間將她洞穿！

姜雪寧整個人都嚇得抖了一下，卻一副不大明白的樣子，好像不明白謝危為什麼忽然之間這樣看著自己，頗為茫然，戰戰兢兢地開口：「學生也只是胡亂猜測……」

她這模樣，倒讓謝危意識到了自己的失態。

是啊，姜雪寧怎可能猜得到呢？

他不該有如此明顯的表現才是，是以平平地斂回了目光，只道：「妳倒肯為侯府找理由。這信留在我這裡，妳沒意見吧？」

姜雪寧敢有個鬼的意見！

她只是更擔心自己的小命。

眼見著謝危將那信放到了書案上，她小心翼翼地湊上前道：「那什麼，雖然我看過信，可先生放心，事關重大，我肯定不會往外說的。」

言下之意是，能不能不要殺人滅口？

謝危本無殺人滅口之意，更別說是對著此刻的她了，然而她話裡的意思倒好像是怕極了，於是這一時他忽然覺得她有幾分聒噪。

回頭便想說：再胡言亂語便叫人拔了妳的舌頭。

然而眸光轉回，只見身後的少女一雙濕漉漉的眼帶著些可憐的看他，微微張開的櫻桃唇瓣裡貝齒雪白，舌尖一點嫣紅竟浮著豔色，壓在齒後，軟軟地含在口中。

瞬息閃念，山間野寺牆上描的勾人精怪劃過腦海。

謝危忽然想起呂顯那句話。

然而這閃念來得快去得也快，沒有讓他來得及抓住點什麼，只是不知怎的收起方才泛出的些許不耐，道：「我並無此意。」

姜雪寧終於放下心來，鬆了口氣，唇邊的笑容也浮上來，道：「謝謝先生！」

謝危一指那琴桌，道：「出宮也有很長一段時間了，看看功課如何。」

這是叫她去彈琴。

姜雪寧神情微有呆滯，望著謝危，欲言又止。

謝危回眸，皺了眉：「怎麼？」

姜雪寧輕咬唇瓣，一副極為躊躇的模樣，然而一想起自己那五萬兩銀子，終於還是大著膽子，訥訥地開口道：「先生您是不是忘了什麼事？」

謝危道：「我忘了什麼？」

姜雪寧把心一橫：「先前給您的那封信，我花了五萬兩銀子，如今銀票都在您手中，您看是不是，是不是……是不是還……」

話說到這裡時，她抬眸對上了謝危的目光。

那眼睛裡盛著冬夜月色似的發涼。

她嚇得把後面的話給咽了回去。

謝危已經明白她要說什麼了，垂眸看一眼那桌案上的銀票，又掀了眼簾來注視著她，靜靜地道：「妳伸手。」

這是要給她嗎？

姜雪寧眼前微微亮了一下，雖然有些遲疑，但還是伸出了手去。

「啪。」

謝危伸手就給了她一巴掌。

有點疼。

姜雪寧立刻把手縮了回來，一雙眼抬起簡直有些不敢相信地看著自己面前這道貌岸然之人，又是驚又是怕還藏了點不大有膽子的怒，眼圈一下泛了紅，攥住自己手板心，卻是敢怒不敢言。

謝危淡淡道：「說起來我還沒問，妳小姑娘家家，哪兒來那麼多錢，拿來又幹什麼？」

姜雪寧：「……」

謝危輕輕勾唇笑起來：「妳伸手，我給妳。」

姜雪寧悄然將自己一雙手都背到了身後，實在是不敢再伸出去了，生怕謝危再問她錢從哪裡來，前後又是什麼原委，她不敢回答，也解釋不清，所以忙賠了笑：「不要了，不要了，都是孝敬先生的。」

謝危眉梢輕輕一挑，倒是一副正直模樣：「這束脩太貴，先生可不敢收。放心，還是會還給妳的。不過這就要看妳功課學得怎麼樣了。」

他一指那琴桌。

姜雪寧：「……」

忽然很想罵髒話。

她心裡憋了一口氣，雖有不敢當著謝危的面卻也不敢表達，不吭聲坐到了那琴桌前，想想便彈先前謝危教的《彩雲追月》。

然而這月餘來她的確生疏了。

指法雖然還記得，撫琴時卻很生疏，接連彈錯了好幾個調。

謝危又站在那窗沿前喝茶，她彈錯一個調，他便回頭看她一眼。

他越看，姜雪寧就越緊張。

到後面根本彈不下去了，索性把琴一推，生上了悶氣。

謝危忍笑：「錢不要了？」

姜雪寧又忍不住想屈服，厚著臉皮道：「這些天來是有些生疏，要不您再教教，我再試試？」

謝危便擱下茶盞，道：「好啊。」

然而當他傾身，來到姜雪寧身邊，抬了那修長的手指，將要搭在琴上時，便看見了自己手指上那透明的指甲蓋。

不久前指縫裡染血久久洗不去的一幕忽然疊入腦海。

謝危的動作停住了，手指懸在琴弦上方一些，卻沒落下去。

姜雪寧正等著他落指弦上，這一時頓覺有些疑惑，不由轉過頭去看他。

謝危的神情有些起伏莫測。

她輕聲試探著問：「謝先生也有不想撫琴的時候嗎？」

謝危轉眸對上了她的目光。

少女頗有些小心地看著他，卻好似還有些期待他撫琴做個示範，他有心想要撤回手指來離那琴弦遠遠的，可不知怎的，最終還是心一軟，落了下去。

只是琴音伴著謝危解答的聲音響起時，姜雪寧卻有些走神了。

她忽然覺得他此刻神情，自己在哪裡見過。

想了很久，終於想起來。

是上一世某次宮宴。

那時沈玠還未纏綿病榻，她也還在得寵的時候，難免就有些忘形。席間奏琴的樂師彈錯了音，誠惶誠恐。

她便拍手玩笑，說不如請謝先生彈奏。

宴中百官都微微變了臉色。

謝危似乎也皺了眉，然而她那時酒在酣處也沒多少懼怕，恍恍惚惚間他好似看了自己一眼，也是此刻一般的神情。

最後彈了嗎？

姜雪寧只記得自己睏倦得很，不久便醉眼惺忪，隱隱約約只記得有琴音繚繞在耳畔，可是不是謝危後來撫的琴卻全無印象了。

重新講過指法，謝危轉頭問她：「會了麼？」

姜雪寧聞言一驚，這才回神，下意識也轉過頭來。

兩張臉便這般忽然拉近了距離，險些撞上。

四目相對，氣息相交。

少女身上是一股梔子的甜香，濃長的眼睫覆壓著清澈的瞳孔，瓊鼻一管，檀唇微啟，兩枚紅寶石雕琢成的耳璫掛在雪白的耳垂上，像極了兩顆將熟的綴在濃綠葉片間的紅櫻桃，待人採擷。

含苞似的少女般，帶著鮮嫩的光澤。

姜雪寧從不是什麼端莊的長相，入了京城後便漸漸脫去了青澀，長開了，抽了條，脖頸修長，體態玲瓏，露在衣裳外面的肌膚皆是吹彈可破，彷彿覆上五指便會留下道紅痕似的脆弱。

謝危又看見了她泛紅的一點舌尖。

於是，忽然有了前所未有的清晰的認知：縱然他心裡將寧二當成是當年那個還沒長大的小姑娘，可已經是四年過去了，翻過年正月裡便是她的生辰，再有一年便該及笄。她長大了。這般浮著豔色的好樣貌，足以令京中許許多多男人因她趨之若鶩，為她夢魂牽繞。

我對寧二並無男女欲色之求。

謝危忽然就捕捉到了先前那一閃念時沒來得及抓住的東西，站在她近前，身形微微有些僵硬。

姜雪寧覺得此刻的謝危似乎有些不對勁，退開後便站在那邊看著她不動了。

試。」

喚了兩聲，謝危沒應。

她便伸出手去想拽一下謝危的袖袍，試探著再喊了一聲：「謝先生？」

沒想到，謝危卻是看了她一眼，輕輕地往內收回手臂，抬了手指壓住那片袖袍，避嫌似的沒讓她碰著，也沒有再近前一步，只是道：「妳只是有些生疏了，指法沒忘，再彈彈試試。」

姜雪寧覺得他奇怪。

但一聽他說彈琴，也就不再花心思去想自己方才抓了個空的事，轉而認真撫琴。

她彈了兩遍，總算沒什麼錯處地彈完了。

眉間便染上幾分喜色。

姜雪寧高高興興地回轉頭來，粲然一笑：「先生，錢！」

桌案上便是那一遝銀票。

但謝危竟沒拿那些，而是打開了一隻放在旁邊的匣子，打開來裡面滿滿都是銀票。

姜雪寧頓時滿含期待。

然而下一刻遞到她面前來的不是一遝，而是一張！

才一千兩！

她高興的神情頓時凝固了。

謝危道：「不要？」

說著作勢便要收回。

姜雪寧連忙一把抓住了，道：「要！」

可從謝危手裡把這張銀票扯回來之後，她卻滿心都是憤懣，覺得自己受到了欺騙：「您不是說彈了琴就把錢還給我嗎？」

謝危抬眉淡淡地看她：「我說的是看功課做得如何，來日方長，妳慌什麼？」

姜雪寧差點跳腳：「我彈的就值這點嗎？」

謝危站得離她遠遠地，轉過了身去合上那裝滿銀票的匣子，嘴角輕輕一扯，只回她道：「彈成這樣，換了別處，便是倒貼錢，我也不去聽。」

第一一一章　公主的心願

謝危本不是真為了考校她功課才叫她來的，先問過了銀票的事，又查過了她的琴彈得如何，外面劍書便急匆匆來稟：「三司會審，聖上那邊請您過去。」

謝危便頓了一頓，道：「這便去。」

如今還有什麼案子需要三司會審？

姜雪寧一下就知道了，神情間多了幾分怔忡，連同謝危再爭論那五萬兩都沒了力氣。

謝危去刑部衙門，姜雪寧則打道回府。

一路上情緒都有些低落。

可她沒想到，馬車在靠在府門前停下，剛掀了車簾鑽出個腦袋來，便聽見外面一聲笑：「我還道今日不巧，特意溜出宮來找妳，卻正趕上妳不在家。沒想到也沒等多久，妳便回來了。」

這聲音清泠泠的，甚是好聽。

姜雪寧熟悉極了。

幾乎是在聽見的瞬間，她便眼前一亮，朝著那聲音的來處看了過去，頓時驚喜地叫了一聲：「長公主殿下！」

負手站在門口的赫然是沈芷衣。

今日的她穿了一身水藍色騎裝，細腰和手腕處衣料都收得緊緊的，站在一匹漂亮的棗紅色駿馬前面，一頭烏黑如雲的髮都紮了起來綁成辮子，細長白皙的手指間還轉著一條馬鞭。

她臉上掛著笑，明媚極了。

眼角下頭雖然有道疤，可此時此刻反而削弱了這一副精緻五官上所帶著的柔和，添上了一股前所未有的颯爽。

姜雪寧從未見過她如此妝扮，乍一見時被震了一震，隨即便露出了難掩的驚豔，跳下車來到沈芷衣身邊，歡喜道：「殿下這樣真好看。」

一月多沒見，沈芷衣似乎有了些變化。

她臉上原本的那種嬌蠻沉了下來，有了一種帝國公主才有的靜默穩重，但眉目間又好似多了幾分霜雪似的冷冽，倒是越發尊貴了。

聽見姜雪寧這般說，她便笑起來。

只道：「妳去哪兒了，怎麼現在才回來？」

姜雪寧便想起了在謝危府裡的遭遇，少不得在沈芷衣面前打他一通小報告，道：「宮裡雖然下旨叫我們暫時出了宮，可殿下別以為就不用上學了。這不，謝先生今兒便派人來把我提溜了過去考校功課呢。我差點就沒活著回來。」

說著她吐了吐舌頭。

沈芷衣卻只當她是誇張，聞言一笑，又沉默了片刻，才道：「謝先生待妳嚴苛，卻也是格外不同，妳當好生對待才是。須知便是朝上能得他如此青眼的人，也不多。」

姜雪寧便一怔：「怎麼覺得您說這話怪怪的？」

沈芷衣沒多解釋，只叫今日唯一一個跟著她出來的侍衛將另一條馬鞭遞給了姜雪寧，道：「今日我便是出宮找妳玩來的。好些年沒能出宮看看，往日妳同燕臨都玩些什麼，也帶我去玩玩唄。」

姜雪寧傻愣愣看著馬鞭：「可我不會騎馬。」

沈芷衣道：「那坐馬上陪我走走也行。」

姜雪寧想這個沒什麼難度，便在旁邊侍衛的幫助下不大雅觀地爬到了馬上去，有些緊張地拽著韁繩，同沈芷衣一道上街。

京裡天氣已經冷了，人沒有那麼多。

然而這樣靚麗的兩名女子竟然騎著馬在街市上走，無疑吸引了眾多的目光。

姜雪寧對這京城的大街小巷都很熟悉，便指著左右的商鋪、樓臺同她敘說，很快便到了城西坊市間，然後忽然想起來，問：「這些日來殿下在宮中……」

沈芷衣道：「還好，畢竟是皇帝的妹妹麼，誰敢為難我？」

姜雪寧於是不敢多問。

說起來，按著上一世的時間來算，在不出現那封信的情況下，勇毅侯府的案子也該有結果了吧？

這一世她能做的都做了，卻不知最後結果會怎樣。

兩人騎馬到了一條街道附近，只聽得前面有吹吹打打熱鬧的聲音。

眾人都擠在道路兩旁看熱鬧。

沈芷衣好奇起來：「前面在幹什麼？」

姜雪寧看著這條路的方向有些眼熟，腦海裡頓時電光石火般地閃過，立時拍了拍自己的腦袋，叫起來：「糟糕，我忘了，今日芳吟出閣！」

這連著兩天來的事情都太過凝重刺激，她全副的心神都撲在了上面，今早又被謝危那邊來的人叫走，哪裡有空去想，蜀地任為志那邊派來接親的人都到了，尤芳吟出閣自然是在今日。

沈芷衣好似聽過這個名字，道：「伯府那個庶女嗎？」

姜雪寧倒有些驚訝她竟知道，但並未往深了去想，只道：「我得去送她一程，殿下要同我一道嗎？」

沈芷衣道：「那便去看看。」

聽說這尤芳吟是受過寧寧救命之恩的，那一天是清遠伯府重陽宴，沈芷衣雖然去得晚一些，可這件事也曾聽聞，頗有些好奇這庶女芳吟是個什麼樣。

於是便攥了韁繩，跟在姜雪寧後面。

可她們卻不是去清遠伯府，而是直接出了城，等在城門外附近一處設在道旁的茶鋪外面。

出京入京，都要從這條官道上過。往來的行人有許多。

有客商在茶鋪裡歇腳。荊釵布裙的茶水娘子拎著茶壺掛著滿臉的笑容走在桌與桌之間，為客人們添著茶水。

姜雪寧同沈芷衣的馬才一到，這娘子便熱情地招呼了起來，問她們道：「兩位姑娘要下來歇歇喝口茶嗎？」

姜雪寧道：「就在這裡吧。」

沈芷衣便一甩韁繩，翻身下馬，將馬繫在了旁邊，當先走進了茶棚。然而低頭瞧見那長凳上黑乎乎油膩膩的一片，卻有些坐不下去。

茶水娘子見她二人打扮便知非富即貴，連忙上來拿了巾帕將那條長凳用力擦了擦。不過這條長凳經年有人坐著，再怎麼擦也好不到哪裡去，倒叫她有些尷尬，不大好意思地笑起來道：「小店寒酸，讓兩位姑娘見笑了。」

這婦人的笑容著實淳樸，那一笑時還有幾分靦腆。

沈芷衣往日不曾接觸過這樣的人，怔了怔，才道：「無妨。」

那娘子在桌上放了兩隻茶碗，給她們添上茶水，道：「看您兩位該是在這裡等人，茶水粗劣，也只好將就一些了。」

姜雪寧坐下捧起來便喝了一口，笑著道：「也蠻好。」

那娘子倒有些沒想到這小姑娘看上去嬌滴滴的卻好似對這些渾然不在意，愣了一下才拎著茶水走開。

這麼個簡陋的茶舖來了這樣兩個姑娘，難免惹得周遭人矚目。

但這畢竟是在京城外頭，誰不知道是天子腳下？

想也知道這兩位姑娘身分不簡單，便是外頭繫著的那兩匹馬都不尋常，也沒誰敢上來搭訕什麼，更沒有人敢生出什麼歹心。

「如今走南闖北做生意不容易啊，一到冬天邊境上邊亂得很，今年也不知怎麼朝廷連兵也不出了，搞得我生意都沒得做，只能提前回來過年了。唉，被婆娘知道，又要罵上一頓！」

「你還不知道吧，京裡出事了……」

「是啊，就勇毅侯。」

「也沒那麼壞，世上條條都是道，北方的生意不好做，往南方轉嘛。也沒有外族滋擾，物產還豐饒，走上一趟能賺不少錢。咱們交上去那麼多的賦稅，朝廷也算在做事，你看這條條官道直通南北，橫貫東西，去蜀地都要不了幾天，頂多到那邊翻山越嶺時難上一些，可比往日方便不少。走上一趟，車馬沒以前勞頓，能省上不少錢了。」

「哎喲，一說起這蜀地……」

……

客商們都是走南闖北的，很快便聊了起來，偶爾也有夫婦兩人帶著的孩子哭鬧玩耍，倒襯得這小店格外熱鬧。

姜雪寧聽他們議論朝廷，下意識就看了沈芷衣一眼。

沈芷衣的目光卻落在面前那盞粗茶上。

她的手指搭在茶碗粗糙的邊沿，過了很久才端起來，姜雪寧一驚便要開口，但還沒來得及說上什麼，沈芷衣已經輕輕抿了一小口。

這種路邊歇腳的茶鋪的茶都是用上等茶葉留下的碎渣泡出來的，淡中有澀，回味沒有什麼甘甜，反而有些隱隱的苦味。

實在連將就二字都算不上。

沈芷衣的神情有些恍惚。

姜雪寧凝望著她，直到這時候才敢肯定：沈芷衣是帶著心事出來的，一路上似乎都在想著什麼，便是見到她的那時候也沒有放開。

可這時候也不敢深問。

正暗自思索間，不遠處的道上濺起些塵沙，是幾匹馬護著一輛馬車過來了，馬車的馬頭上還繫了條鮮豔的紅綢，一看便是有喜事的。

遠嫁便是這般的規矩。

由夫家派人來接，娘家再隨上人和禮，一路送自家的閨女去往夫家。

昨日曾去過蜀香客棧通報消息的那壯碩漢子看了看前面的茶棚，猶豫了一下，剛要向車裡問要不要停下來大家喝口水再走。

沒想到那茶棚裡便有人喊了一聲：「芳吟！」

到蜀地可要一段距離，按著他們的腳程怕要半個月才能到，所以尤芳吟今日都沒穿上嫁衣，只是穿了一身顏色鮮亮的衣裳，髮髻上簪了花。

剛出府時，還有些失落。

可待聽見這一聲喊，她便驟然轉喜，立刻對韓石山道：「就在這兒停！」

尤芳吟下車來。

姜雪寧則從茶棚裡出來，沈芷衣跟在她後面，也朝這邊走。

韓石山便是任為志新請的護衛，武藝高強，正好一路護送尤芳吟去蜀地，這一時見著兩個漂亮姑娘朝這邊走來，不由得呆了一呆，有些不知如何是好。

尤芳吟卻是瞬間眼底淚都要出來了：「我還以為姑娘不來送我了。」

姜雪寧「呀」了一聲：「怎麼著也是成婚的大好日子啊，妝都上了，妳這一哭又花了，可沒人再給妳補上。這不是來了嗎？」

沈芷衣在旁邊，看了看尤芳吟，又看了看她身後送她去蜀地的那些人。

於是問：「這是要嫁去哪兒？」

尤芳吟這時才注意到姜雪寧身邊還有個人，一抬眼先注意到了她的容貌，進而注意到了她眼角下那條疤，有些好奇，但有生人在場，一下又有些露怯。

姜雪寧便道：「這是樂陽長公主，在宮裡很照顧我的。」

一說「樂陽長公主」，尤芳吟嚇了一跳。

但接著聽她在宮裡照顧姜雪寧，她神情裡便多了幾分感激跟親近，好像受到照顧的不是姜雪寧，而是她自己一樣。

忙躬身行禮：「見過長公主殿下。」

周圍包括韓石山在內的護送之人都嚇了一跳，原以為接的未來主母不過是個伯府庶女，哪裡料到此刻來送她的人裡竟然還有公主，都不由生出了幾分畏懼，同時也對尤芳吟刮目相看，暗道未來主母是個有本事的人，完全不能看表面就將她小覷了。

沈芷衣淡淡地：「不必多禮。」

尤芳吟這才有些戰戰兢兢地回答：「是要嫁去蜀地，我自生下來開始還從沒到過那樣遠的地方呢，聽說山高路遠，才派了這麼多人來接。還有條蜀道，可高可險了！」

沈芷衣又恍惚了一下：「那樣遠啊……」

「是啊，離開京城也不知還能不能再回來。」

尤芳吟點了點頭，似乎也有一些擔心和憂愁，然而她回頭望了一眼背後那被冬日的烏雲層層蓋住的恢弘京城，清秀的眉眼便舒展開了，擔心與憂愁也化作了輕鬆與期待。

「不過去很遠很遠的地方，不回來也好。」

對她來說，這座京城裡，除了二姑娘之外，並沒有什麼值得留戀的人和事。走便走了。

縱然有一日回來，也一定是為了姜雪寧回來。

她並沒有多少離開故土的捨不得，反而對即將到來的全新生活充滿了熱切的期盼，整個人由內到外，煥然新生一般，透出一種光采的明朗。

灰濛濛的天際，低低地覆壓著大地，凋零的樹木在遠山疊出層層的陰影，偶然間能瞥見一抹寒鴉的影子掠過高空，向林間避去。

大雁早已經飛向了南方。

地上是連天的衰草，可明歲春風一吹便會漫山皆綠。

沈芷衣的目光也隨著這連天的衰草去得遠了，去到那陰沉沉壓抑著的天空，彷彿是追逐著那一抹沒了影蹤的寒鴉，不知歸處。

離開京城，遠嫁蜀地。

她輕輕笑起來，眉目間卻似籠罩上一股難以形容的蒼涼惆悵，道：「去得遠了也不錯啊，真羨慕妳，離開這裡便自由了。」

「……」

姜雪寧終於知道先前那股不對勁來自哪裡了。

上一世沈芷衣去番邦和親是什麼時候？

就在翻過年後不久。

她原以為還有幾個月，可難道沈芷衣現在便已經有所知曉了？

遠遠地，馬蹄聲陣陣傳來。

京城方向的官道上竟迅速馳來了一隊禁衛軍，一直來到她們附近，為首之人看見沈芷衣才放下心來，頗為惶恐地翻身下馬，向她行禮：「見過長公主殿下，太后娘娘和聖上得知您出了城，都有些擔心，特命末將前來護您周全。」

沈芷衣神情間便多了幾分懨懨。

她早知道，說好的放她出宮來散散心，也不會有很久。

於是笑了一聲，對姜雪寧道：「我回宮去了。」

姜雪寧心底忽然一揪，那一瞬間竟感覺出了萬般的傷懷，也不知哪裡來的膽子，竟拽住了沈芷衣一片衣角，忽然忍不住那股衝動問她：「殿下也不想待在宮裡嗎？」

沈芷衣腳步一頓，回眸看她，沉默了片刻，才淡淡一笑，道：「誰想呢？」

但好像除此之外也沒什麼別的能說了。

這世上便是有人命不由己。

她回身直接返身上馬，也不管奉命來護她周全的這幫禁衛軍，便直接馳馬向著京城而去，將所有人都甩在了身後。

姜雪寧站在原地，遠遠望著她的身影消失在官道上，被陰翳的天幕遮蔽，久久沒有動上一動。

這一天，她送走了尤芳吟。

這一天，韃靼來求親的使臣入京朝見了皇帝。

也是這一天，她一個人牽著兩匹馬回到姜府，便被姜伯游叫了去，說：「三司會審定了案，勇毅侯府勾結平南王逆黨，有不臣之心，然念其一族曾為社稷立功，聖上不忍刑殺，特赦免其三族死罪，家財抄沒充公，削爵貶為庶民，只燕氏主族杖三十，流徙黃州，非詔令相傳不得擅離。唉，聖旨已經下達，已算是不幸中的萬幸了！」

第一一二章　心扉

貶為庶民，家財充公，流放黃州。

上一世呢？

上一世不僅貶為了庶民，一族上下女者充為官妓，男者訶為賤奴，罪敢抗旨者處死，三族之內皆流放至百越煙瘴之地，離家去國四千里，一路都是苦難，勇毅侯燕牧才到流徙之地沒多久便因濕熱天氣引得舊傷復發，纏綿病榻沒多久便咽了氣。

這一世比起上一世已經好了太多。

可到底還是要流放嗎？

黃州。

黃州又是哪裡？

兩世姜雪寧都不曾踏出離京城太遠的地方，即便是曾在書本上看見過這個地方，也很難去想像那究竟是個什麼地方，是不是住得人，又到底有多遠。

姜伯游卻是深感慶幸，眼看自己這女兒忽然之間神情怔忡，生恐她憂愁於勇毅侯府的境遇，忙寬慰起來，道：「黃州地在湖北，雖則二十年前平南王一役揮兵北上時的鐵蹄曾經踏過，以至於如今此地成了一座荒城、廢城，可比起什麼尋常流放去的西北、遼東、百越，已經好上了太多。頂多是日子苦一些，好在性命無虞，只當是尋常百姓。若熬得住，將來未必沒有起復的時候。」

姜雪寧靜默不言。

姜伯游又道：「這已是聖上法外開恩，說是念在侯府勞苦功高的面上，實際上還是為溫昭儀腹中那還未出生的孩子著想，不願濺上血腥，寧願放過侯府，為那孩子積福。不然但憑著侯府敢與平南王逆黨聯繫，只怕是無法見容於侯府的。」

道理姜雪寧都明白，然而只要想到勇毅侯一府上下皆要背負冤屈，離開世代居住的京城和優渥的生活，去往黃州，連著那少年也要一併去受苦，她便能感到那種惆悵從心底深處翻湧上來，讓她格外地難受。

她問：「什麼時候呢？」

姜伯游想了想道：「如今天氣這樣寒冷，且又抵近年關，怎麼著也該是年後吧。」

姜雪寧若有所思地點了點頭。

又聽姜伯游說了一會兒話，她終於回了自己房中。

屋內一應擺設已經簡單了不少。

古琴蕉庵裝在琴囊中，斜斜地懸掛在牆上；燕臨生辰冠禮那日叫她幫忙收好的那柄劍，無言地藏在劍匣中；走到妝奩前，掀開一隻小小的盒子，已經乾枯的茉莉手串靜默地躺在裡面。

天牢深處，即便白日也如黑夜。

冬日冷寒，地氣潮濕。

手摸上去便是這方寸囚牢中唯一的一床被子都是冰冷的，人眼所能見的光只來自遠遠的牆上所點著的兩盞昏暗油燈，燕臨卻背朝著走道而坐，縱然背部都是嶙峋的血痕，目光卻向著這牢獄中唯一的一扇窗外看過去。

白日裡的天氣算不上好，入目所見乃是灰濛濛一片。

偶爾有雲氣從空中奔騰而過。

然而等到天光漸暗，卻好似有一陣大風吹來將天際陰霾的雲層都刮跑了，寥落的星辰鋪在了窗口，一輪弦月靜靜地爬上梢頭。

燕臨很久沒有看見這樣好看的風景了。

他唇邊竟掛上了一抹淡笑。

少年青澀的棱角中依舊藏著些許鋒利，並未消磨，反而顯得越發昂揚，像是扎根在山間頑石裡迎風的勁松，沒有半分要折腰或是退避的怯懦。

姜雪寧趁夜來到這裡時，看見的便是這樣一張堅毅的側臉。

牢中望月，今夕何夕？

她的腳步一下停止不動了，身後跟著她來的周寅之見狀壓低了聲音道：「姑娘長話短說，儘快出來，下官便先告退了。」

這時燕臨才聽見了動靜。

他回轉頭來才看見了牆邊燈下立著的那一道身影。

想來是瞞著旁人偷偷進來的，身上披了件深黑的斗篷，把自己整個人裹得嚴嚴實實，然而那一張白生生的臉依舊在昏黃的光下映出柔潤的光澤。

都不需見著全貌，燕臨便知是她。

那一瞬他低低笑起來：「連這裡都敢來，可真是長本事了。」

姜雪寧眼圈微紅，過了好半晌才知他是認出了自己，邁步走上前去時只覺像是踩在雲上，深一腳淺一腳有些飄忽。

也是走得近了，她才看見燕臨背後的血跡。

這寒濕的牢房中除了柴草和腐朽味道，還飄蕩著一股隱約的血腥味兒與清苦的藥味兒。

在聽說勇毅侯府的案子由三司審結之後，她心裡便放不下，派人叫了周寅之來問，終於還是冒險由他帶著進了天牢。

好在侯府犯的不是死罪，原本駐紮在天牢的重兵都撤了。

整座天牢的防衛都鬆懈下來不少，據周寅之說已經有人暗中來探望過侯府，想來暗中能夠操作，這才得以一路過了重重關卡前來。

姜雪寧站在外面，竟不敢靠得近了，怕見著少年狼狽的模樣，也叫他難堪，只問：「這些天，你……」

還好嗎？

想也知道不好啊，問有什麼意義？

話說了才一半，她忽然就失去了言語，竟覺得往日什麼都能說的一張嘴變得笨拙起來，都不知道該怎麼說了。

燕臨卻望著她道：「挺好的。」

姜雪寧鼻子便又酸了。

燕臨卻是忍不住笑，但大約也是這笑牽動了背後的傷口，讓他吃了疼，登時倒抽了一口涼氣，又咳嗽了幾聲，臉色蒼白了些：「別在外頭站著，進來呀。」

姜雪寧愣住。

這裡可是天牢，兩人中間隔著厚厚的牢門，要怎麼進去？

卻沒想到那少年扶了一把邊上冰冷的牆壁，竟然有些費力地起了身，站起來走到那牢門前，將那一圈一圈纏在上面的鎖鏈解了開，像是在自己家裡似的，拉開牢門，擺手相迎。

姜雪寧目瞪口呆。

這時候她才忽然想起，上一世燕氏一族出事之後，燕臨其實是來找過自己的。之後她才知道勇毅侯府出了事。

試想一下，如此重罪，燕臨怎得脫身？

如今這牢門就這般隨意地用鎖鏈搭著，幾乎一瞬間就喚醒了她上一世的記憶，覺出了其中不尋常之處——看似是被流放，然而暗中卻享有這樣的自由，勇毅侯府彼時的處境，當真是所有人以為的那樣差嗎？

燕臨彷彿猜到了她在想什麼，眼看著她站在外頭半天不動，終於沒忍住伸出手去一把把她拽了進來，道：「一看妳這樣就知道這些天擔心壞了，也不想想我侯府好歹也是京中兩大高門之一，在朝中根基深厚，且還有妳這個機靈鬼提前來通風報信，讓我們能提前做好準備，哪兒能真的落入完全不能翻身的窘境？」

姜雪寧眨眨眼還是沒反應過來。

被燕臨一拽，她沒留神踉蹌了一步，還好燕臨反應快，扶了她一把，才沒讓她摔倒。

這般有點呆呆傻傻的迷糊樣，著實令燕臨嘆了口氣：「看著妳這樣，便是回頭我去了黃州，只怕都放心不下。」

姜雪寧道：「我沒有那麼傻的。」

燕臨便坐在了牆角那甚至說得上是簡陋的床榻上，也拍了拍自己身邊叫她來坐，道：「我知道，真傻也不至用周寅之暗中通報消息了。這回也是他幫妳進來的嗎？」

姜雪寧點了點頭。

燕臨於是道：「此人野心勃勃，不過也無甚大礙。牆頭草，風往那邊吹便向哪邊倒，只要妳是那股最強勁的風，他們便不會離開妳。只是若妳無心去做那股強風，到底還是小心一些的好。」

這一點姜雪寧知道。

她坐下來，低垂著眼眸，靜默不語。

在這窄窄的、陰暗的囚牢裡，少女與少年並排坐著，就好像是很多年前那些悠閒的、慵懶的午後，一道爬上了院牆，並排坐下來一起剝那剛採回來的雞頭米，彼此相視而笑，兩條腿都掛在牆下晃蕩；又像是偷偷溜到佛寺的後山，靠在那巨大的佛像背後，一道把手放在嘴邊，向著對面的山谷大喊，驚飛了棲息的群鳥……

過往時光，在這一刻靜默地流淌。

她和他的影子都投落在潮濕斑駁的牆面上，被牆上那些堵滿汙垢的裂縫連接到一起。

燕臨忽然就很捨不得這座京城。

因為這裡有他想念的人。

他轉過頭來望著少女恬靜的側臉，忽然問她：「沒有什麼話想對我說嗎？」

姜雪寧說：「只是想來陪陪你。」

說什麼也不知道，但這般一起坐著，彷彿就已經很安心了。

少年的眼底氤氳了幾分霧氣，笑起來時便格外有了一種動人的意味，只道：「妳對我這樣好，我也對妳這樣好，可為什麼妳不喜歡我？」

姜雪寧埋下了頭去，無言。

過了很久，那搖曳著的昏黃的光影裡，才浮起了她的聲音：「跟你沒有關係。我都說過了，我是個壞人。」

燕臨卻還是望著她，不曾移開自己的目光：「那是怎麼個壞法？」

姜雪寧的記憶忽如奔流的長河，又回溯到了上一世。

這一世的燕臨真的沒有任何不好。

只是刻在她記憶裡的傷痕實在是太深了，以至於無論如何都無法將其抹去，只好遠遠地避開，盡力地彌補……

「我做過一個夢。」

「夢裡我傻傻地跟你說，我想要當皇后。」

「你就變得很生氣。」

「後來我當了皇后，你也回來了，然後和別人一起，把我關了起來，對我好壞好壞……」

姜雪寧的聲音有些煙雲般的縹緲，前面還輕輕的，後面卻好像琴弦般顫了一顫，但很快又穩住了，只是眨眼看著前方的瞬間，滾燙的淚珠卻忽而滑落。

她想，這一刻自己是懦弱的。

抬手若無其事地把眼淚擦了，她還笑：「我是個膽小鬼，夢裡面你可嚇人了，所以就不喜歡你了。這樣還不夠壞嗎？」

說的明明是夢，可她眼淚滾落的那瞬間，燕臨卻覺得自己一顆心都被揪住了，甚至有些喘不過氣來。

就好像真的有發生過這樣的事。

世上怎麼會有人因為一個夢就不喜歡人了呢？

可此時此刻他竟不忍去深究，只是道：「那怎麼能說是妳壞呢？分明是妳夢裡的我，太壞太壞，才讓寧寧不敢喜歡我。」

少年的聲音是這般體貼而溫柔。

相比起來她的言語像極了無理取鬧。

姜雪寧一下就哭了出來，眼圈紅了一片，想止也止不住，惹得燕臨無奈地上來抬了手指給她擦眼淚，還問她：「妳想當皇后嗎？」

來之前姜雪寧想的是，無論如何也不能哭。

然而眼淚控制不住掉下來時，便覺得丟臉。

她退了開，胡亂舉起袖子擦眼淚，也避開了少年灼然的目光，悶悶地道：「都說了是夢裡，現在不想的。不過那可是皇后，誰不想當人上人，想想怎麼了？」

燕臨失笑，目光卻深了幾分：「皇后算什麼人上人。」

這天底下，真正的「人上人」只有一個。

姜雪寧不知他何出此言，有些困惑地看了他一眼，少年卻抬起手來輕輕地摸了摸她腦袋，眼底隱約地劃過了什麼：沒有人知道，在這樣的一座囚牢裡，在這樣困厄的境地中，這一名剛成年的少年郎，忽然悄悄地立下了一個宏偉的心願，但他誰也沒有告訴。

外頭敲過了梆子。

夜過子時。

那方寸窗外的弦月也升上了中天，瞧不見了，徒留下一框稀落的星子和墨藍的夜空。

燕臨覺得這時間過得實在有些快了，又想起自己這一去不知多久能回，便問她：「有喜歡的人了嗎？」

姜雪寧低著頭說：「有。」

燕臨笑問：「那是誰？」

姜雪寧不吭聲，也不敢說。

燕臨便想起自己冠禮那一日曾看見的那名刑部的官吏，道：「是刑部那位張遮大人麼？」

姜雪寧登時驚愕地抬眸望著他。

燕臨卻顯得平淡淡地，道：「妳看他時的眼神，便像是我看妳時的眼神。」

姜雪寧無言。

燕臨則轉眸望著她，偏用了半開玩笑的口吻對她道：「我走的這段時間，妳可要努力把自己嫁出去，嫁個值得託付的好人。不然啊，等我回來，可不管妳喜不喜歡我，都要把妳搶過來。」

少年用的是玩笑的口吻，甚至還含著笑，然而目光裡卻是深深的認真。

姜雪寧知道他不是開玩笑。

然而，嫁給張遮嗎？

那她可真是需要很努力、很努力，才能配得上呢。

她輕輕哼了一聲，明知少年有些戲謔地看著自己，卻不大肯服輸，只道：「我會的。」

第一一三章　天知我意

她這神情，多像是前些年同他玩鬧賭氣的時候啊？

但燕臨知道，她是認真的。

於是忽然有些遺憾起來：可惜很快就要離開京城，不然他是真的很想知道，那張遮到底是有怎樣的本事，將他的寧寧迷得這樣神魂顛倒。

不過大約是個不錯的人吧？

他抬眸看了看天牢另一頭走道上周寅之那若隱若現的身影，靜默片刻，還是道：「妳該走了。」

竟然混進天牢這樣的地方來探望過不久便將被流放的犯人，可也說得上十分膽大了。

姜雪寧也知自己若待得太久，必定令周寅之為難。

儘管心中有萬般的惆悵與不捨，她還是起了身來，道：「那我走了。」

只是往外走出去幾步，到得那牢門前時，腳步又忍不住停下。

燕臨看向她。

她注視著他，一笑：「你交給我的劍還在，今日無法帶進來給你，便留待你他日來取。」

燕臨想起了自己當時託付她收起來的那柄劍，也跟著一笑，道：「一言為定。」

姜雪寧道：「一言為定。」

話到這裡，她才轉身重新豎起了斗篷，重新將自己嚴嚴實實地包裹起來，朝著周寅之那邊走去。

見她從裡面出來，周寅之暗暗鬆了一口氣，也不說話，只走在她前面，要悄無聲息地帶她從這裡出去。

天牢的守衛，即便撤去了重兵，也顯得比尋常牢獄森嚴。

一路要過三重關卡，前面兩重都還好，見到是周寅之便沒有人攔，然而正當他們走到最後一重關卡不遠處時，前面卻傳來了嘈雜吵嚷的喧譁之聲！

「幾位大人是？」

「這是聖上手諭，著令今日便對燕氏一族行流放之刑，啟程前往黃州，務必在除夕夜前離開直隸。聖上說了，大好的日子不願瞧見這幫人在這裡堵心。」

「是，是……」

……

來的人竟然不少，一聽那行走之間帶著盔甲兵器碰撞的聲音，便知道來的都是禁衛軍，奉了皇帝的親命前來。

周寅之一聽，聳然一驚。

姜雪寧也嚇了一跳。

本朝律例是犯人進了天牢後都不准探監，眾人暗中行事來探監都是各憑本事，可若與這一干來提人的禁衛軍撞上，被抓個正著，事情就要大了。

牽累周寅之都是小的，再牽連到勇毅侯府都有可能！

姜雪寧看了看前面這段路，果斷地壓低了聲音道：「先找個地方給我躲一下。」

躲一下？

可天牢就這麼大點地方，在這裡又並無值房，有的只是一間又一間牢房。

周寅之額頭上也是冒冷汗。

他先帶著姜雪寧往後退去，往左面一轉便是條由牢房夾著的長道，一直走到最盡頭處便發現了一間看上去竟算得上是乾淨整潔的牢房，床榻與牆角之間有處能容人的縫隙。

周寅之道：「要委屈一下姑娘了。」

姜雪寧卻知事情緊急，連忙悄然伏身藏在了這角落裡，對周寅之道：「無妨，我藏一會兒，你先去看看外面是什麼情況。」

姜伯游說，流放怎麼著也得到年後。

如今怎麼說提人就提人？

她著實有些放心不下。

周寅之便定了定神，一整衣袍，若無其事地從這間牢房裡走了出去，然而等他遠遠看見那幫來提人去流放的禁衛軍時，腦海裡卻忽然電光石火般的一閃，想起了一處很不對勁的地方：天牢深處這樣一間牢房，牢門開著似乎是沒有住人的，然而方才那張床榻上的被褥卻疊得整整齊齊……

冬日風冷，大牢外面掛著兩盞燈籠，隨風一直搖晃。

禁衛軍拿了手諭從天牢提人出來，最緊要的幾個人都押進了囚車裡，一輛連著一輛，其他不大緊要的人則都用鎖鏈鎖了掛在車後走。

不過月餘光景，燕牧看上去又老了許多。

兩鬢白似染霜，神情卻寂靜極了。

禁衛軍的首領對他倒是頗為恭敬，一應事情準備完畢，還抱拳對他說了一句：「侯爺，我們這便要走了，天冷風寒，我等也是奉命行事，您多擔待。」

燕牧輕輕嗯了一聲。

燕臨則在他後面的囚車裡，卻是有些擔心地望著天牢裡面，沉默不語。

一行人浩浩蕩蕩地起行，卻都十分整肅，也沒有什麼太大的聲音。

囚車一路駛過街道。

子夜的京城已經陷入了熟睡，坊市中的百姓並不知曉昔日侯府的功臣良將便在這樣一個夜晚，從他們的窗前經過，去到荒涼的遠方。

黑暗的一處街角，靜靜地停著一輛馬車。

馬兒打了個冒著熱氣的噴嚏。

燕牧是久在行伍之中的人，對馬匹的聲音可以說是熟悉極了。驟然聽見這微不足道的一聲時，眼皮便驟然跳了一跳。他睜開了緊閉的眼簾，忽然抬首向著那聲音的來處望去。

於是便看見了那輛馬車。

也看見了坐在馬車內也正朝著這邊望來的那個人。

押送囚車的隊伍距離馬車尚有一段距離。

又是這樣黑暗，謝危本該看不清的。

然而在這一瞬間，他卻偏偏看見了燕牧那驟然明亮的眼神，灼灼燃燒的目光——

「哈哈哈哈……」

也不知為什麼，燕牧忽然就仰頭大笑了起來。

笑聲裡滿是快慰。

押送的兵士都被他嚇了一跳，卻不知中間原委。

那囚車很快去得遠了。

笑聲也漸漸聽不到了。

京城重重的屋宇疊起來隱沒了囚車的蹤跡，等到視線裡最後那幾個身穿囚衣的人也消失不見，謝危才終於慢慢地垂下了眼簾。

刀琴劍書都立在車旁。

謝危悄然緊握了手掌，他是該出來見上一面的，可如今的處境和如今的身分，這樣的決定對他來說絕非明智之舉。

過了好久，他才重新抬眸。

卻是問：「那邊準備得怎麼樣了？」

劍書刀琴都知道他問的是什麼。

勇毅侯府的人之所以要這麼急著流放去黃州，除了皇帝沈琅的確不願侯府之人在眼皮子底下礙著之外，更重要的是之前謝危在禦書房中提出的那一「請君入甕」的設想。

守衛天牢的禁衛軍撤走了。

如今連天牢裡最重要的犯人也撤走了。

潛伏在暗中的那些人便躍躍欲試，以為自己遇到了一個千載難逢的好時機，準備要動手了。

劍書道：「同您料得差不多，便在今夜。」

姜雪寧蹲伏在那角落裡，豎著耳朵聽外頭的動靜。

人來了，人走了。

可周寅之好半晌都沒回來，實在讓她覺得有些奇怪，忍不住便悄悄探出頭來，朝周圍瞭望。

方才來時匆忙，都不及細看。

此刻一看才發現這間牢房有些過於整潔了。

地面和牆面雖然都是黑灰一片，可眼前這張床榻收拾得整整齊齊，疊起來的被子上連道褶皺都看不見，還有兩件藍黑的外袍仔細地褶了起來放在被子上。

想來住在這裡的是個愛乾淨的人。

等等……

一念及此時，姜雪寧腦袋裡忽然「嗡」了一聲，立刻意識到了不對勁：這一間牢房裡竟是有人住的嗎？

這樣一想可了不得。

緊接著更多的異常之處便浮了出來，比如這間牢房在天牢深處，比如明明像是有人住的樣子，可周寅之匆忙之間帶她進來時，牢門卻沒有上鎖。

一種怪異的不祥的預感襲上心頭。

姜雪寧當機立斷便想離開。

可事情的發展遠遠比她想的要快，甚至也遠遠超出她的預料。

幾乎在她提著裙角起身的同時，天牢門口處竟傳來了呼叫喊殺之聲！

獄卒們的聲音驚慌極了。

「你們是什麼人，幹什麼來的？」

「啊——」

「劫獄，劫獄，有人劫獄！」

短兵相接之聲頓時尖銳地響了起來，從門口處一直傳到天牢的深處。

這牢獄之中關押著的大多都是十惡不赦、江洋大盜。

一聽見這動靜，再聽見「劫獄」二字，不管是原來醒著的還是本已陷入酣眠的，這會兒全都精神一振，原本寂靜若死的囚牢忽然彷彿變成了人間地獄，到處都是狂歡似的呼聲和喊聲，每一扇牢門前都立著瘋狂的人影，或蓬頭垢面，或意態瘋狂，群魔亂舞！

姜雪寧心都涼了半截。

這時她才想起，上一世京中的確有這樣赫赫有名的劫獄一事，乃是天教亂黨浮上水面作亂的開始，蕭定非的蹤跡也是因為此事才傳了出來，後來被人找到。

可是這一天嗎？

無論如何她都沒有想到，自己來一趟竟恰好遇到此事！

這牢獄中到處都是窮凶極惡之徒，一旦被放出來還不知要怎樣為非作歹。

她若是一不小心被人發現……

姜雪寧頭皮都炸了起來，腳步已經到了牢門之前，卻是不知自己該不該踏出這一步，要不要趁著局勢正亂冒險從裡面衝出去。

門口處傳來了歡呼的聲音。

囚牢裡的犯人們也開始起哄。

有刀劍將牆壁上嵌著的油燈砍翻，夾道之上頓時暗了不少。

竟有急促的腳步聲從道上傳來！

姜雪寧聽著那腳步聲像是越來越近，立刻便想要躲藏，可沒想到，就在她轉身的那個剎那，前方那道身影來得極快，一下就進入了她眼角餘光。

那一刻，她的心跳驟然一停！

藍黑的粗布長袍，看上去普通極了，也就比這牢中關押著的其他犯人好上那麼一些，然而搖曳的燈火卻照不暖他一身的清冷，修長的手指間竟還拿著一長串黃銅鑰匙。他皺著眉頭，比起往日的沉默，此刻那輪廓清瘦的臉上，更有一種如臨大敵般的凜冽！

張遮也萬沒料著自己所在的牢房裡竟會有人。

對方看見是他的瞬間已是目瞪口呆。

他看見對方的瞬間更是愣住，緊接著雙目之中卻浮上了幾分少見的薄怒，情急之下沒控制住語氣：「妳怎麼在這兒！」

姜雪寧訥訥不知所言。

站在牢房門口，她都挪動不了一步。

心裡面只恍惚劃過個念頭：比起我為什麼在這兒，你為什麼也在這兒不更值得疑惑嗎？

然而她什麼也說不出來，只能怔怔地望著他。

張遮只覺得心裡一股火氣沒來由地往上竄，環顧周遭又哪裡還有什麼容身之地？

天教亂黨劫獄而來，他更有重任在身。

然而姜雪寧一介弱質女流，深陷於這般危局之中，若是不管不顧，誰知道回頭會出什麼事？

更何況……

他又怎能看著她陷入險境？

「進來！」張遮已經沒空解釋更多，直接一把將還未反應過來的她往牢房裡面拽，然後將手裡那串鑰匙扔下，抓起了床榻上原本疊好的一件外袍，道：「衣服脫掉。」

姜雪寧不敢相信自己聽見了什麼。

她瞪大了眼睛看著面前近在咫尺的張遮，傻愣著站住沒動。

張遮卻氣她往日反應比誰都還快的機靈人這時候跟傻了似的，聽著外頭混亂的聲音漸漸近了，也顧不得許多，自己上手迅速解了她披在外面的斗篷，穿在外面的衣袍，徑直把那件深藍色的男子穿的粗布長袍給她穿在了外面，又在她纖細的腰間繫緊。

然後便是她梳著的髮髻。

好在今日姜雪寧本就是瞞著旁人趁夜前來，自也不可能打扮太繁複，不過一根綢帶把頭髮綁在腦後，張遮就著那根綢帶便把她頭髮紮成個如男子一般的髮髻綁上。

少女穿著他的衣袍，未免有些顯大，衣袍垂得很低，兩手都攏在了寬大的袖袍裡，越發顯得纖細的、小小的。

像是聽話的小貓。

她眨著眼看張遮，白生生一張未施粉黛的臉，在這樣混亂而危急的夜晚，透射出一種格格不入的驚豔與誘人。

張遮放下手來時便看見了這張臉，也看見了她望著自己時那過於專注的眼神。

姜雪寧想問問到底是發生了什麼。

然而凝視著她的張遮下一刻便轉開了目光，竟是直接從牆上抹了一把黑灰，手伸到她面前時略頓了頓，唇線緊抿，道一聲「得罪了」，便朝她臉上抹去！

姜雪寧還未出口的話忽然都咽了回去：「……」

張遮的手掌是粗糙的。

那黑灰塗到她臉上時，她能清晰地感覺到他掌中那指腹的繭皮從自己細嫩的皮膚上劃過，留下的卻是乾燥而溫暖的戰慄。

不過片刻，姜雪寧那一張好看的臉便被塗得髒汙一片，好歹遮掩了幾分靚麗的顏色，除了瘦小一些之外，看著倒像是個同在獄中的犯人了。

而那些衝殺進來劫獄的天教亂黨也很快到了。

竟是知道方位一般徑直向這間牢房而來。

他們人數不少，由幾名還穿著囚衣的犯人帶著，手中持著刀劍，面上皆蒙著黑巾，只露出一雙眼睛來，卻都帶著幾分肅殺之意，見了張遮彷彿見到自己人似的，徑直問道：「公儀先生呢？」

張遮道：「我方才早就去看過，公儀先生並不在天牢之中，只怕是朝廷設下的圈套！事不宜遲，現在顧不得更多了，先撤出去才是！」

眾人頓時大驚：「什麼！」

天教這邊都是為救公儀丞而來，順便救更多關押在牢獄之中的天教教眾，如今卻聽眼前這直接聽命於公儀丞的暗線說公儀丞不在牢中，頓時知道了事情的嚴重性，不敢有半分遲疑，便要撤出。

然而為首之人目光一轉便看見了立在張遮斜後方的姜雪寧。

眉頭便皺了起來。

他有些疑惑地道：「張大人，這位是？」

張遮站在姜雪寧身前，直接抓住了她的手，波瀾不驚地道：「我的人。」

其他人的目光都在姜雪寧臉上晃了晃。

但此刻也不是什麼深究的時候，為首之人沒有多問，直接吹了一聲響亮的哨子，便一揮手道：「我們撤！」

遠近的天教教眾聽得這聲哨響，全都回撤。

有些牢門已經被人砍開了。

原本關押在其中的犯人也潮水似的湧了出來，所有人匯聚在一起，盡數穿過這早已狼藉一片的天牢，朝著門口衝去！

姜雪寧便在這亂哄哄的人潮之中，有一種被攜裹著身不由己的感覺。

然而在她前方，卻始終有一隻手緊緊攥著她的手。

他的背影沉默而隱忍，並沒有回頭，只是拉著她將她護在自己的身後，不曾放開，帶著她一路往前。

一定是上天聽到了她的心聲吧？

竟讓她在這裡遇到他。

周遭喧囂極了。

心底那個角落卻忽然安靜，安靜得能讓姜雪寧聽見自己再一次變得劇烈的心跳。

前方會遇到什麼樣的危險呢？

不知道。

也不想知道。

此時此刻，這一道背影已經填滿了她的視線，占滿了她的心房，便是去往刀山火海，海角天涯，她也心甘情願，無有悔改。

（待續）

番外篇　青山遮不住

（1）自罪

常年不見光的詔獄，就算收拾得再乾淨，空氣裡也總浮著幾分陰冷的黴味。桌上只點著一盞昏暗的油燈，乍暖還寒的天氣裡，硯臺裡的墨一會兒不磨，便凍結成冰。張遮瘦長的手指上，青紫的舊傷猶未癒合，執著的那管細筆，已經許久沒有動一下。

紙上墨跡已乾。

字字句句，都是罪狀。

但這一次，寫的不是別人，而是他自己。

（2）愧對

從小，學堂裡的夫子便誇他聰明，對他也格外偏愛一些，認為他將來必能憑藉才學，走科舉入仕。

只不過，一切都被一場意外改變了。

向來與人為善的父親，突然蒙冤入獄，再也沒能出來。府衙裡的差役來家中將人抓走時，拿走了家裡一切值錢的東西，不能帶走的也都砸壞了。母親衝上去與他們理論，但府衙的差役是從不跟別人講道理的。他們一把將他的母親推倒在地，任由這個無依無靠的女人坐在地上，以淚洗面。

可她又能傷悲多久呢？

一家人要她養活，新一年夫子的束脩又該交了。在嫁人之前，她也只會些女紅，嫁人之後，也不過操持些家務。如今卻要一肩挑起重擔，披星戴月，拋頭露面，在旁人的風言風語裡，笑面相對，只為多賣出去一張天沒亮就起來做好的炊餅。

那段日子，張遮一輩子也忘不了。

他不是沒有恨過。

可母親告訴他，你不能恨。因為世道就是如此渾濁，行走在世道上的，又有幾個乾淨人呢？恨，是恨不過來的。

立身當正，做人當直。

張遮到底是沒有去恨，只不過是退了學，考了吏。他不用再給夫子交束脩，每個月還能從府衙裡領到一筆錢，補貼家用。

拿到錢的那一天，母親很生氣。

因為她那時才知道，她向來最看重的兒子，瞞著她退了學，還敢去考吏。天底下哪個正經的讀書人願意去考吏？吏者，小官，在官府裡幫著人辦差領一份辛苦錢罷了，連往上走的機會都沒有。

讀書人考吏，就是自毀前程。

張遮想，那是他第一次覺得愧對母親。但好在後來一番辛苦，為父親翻了案，還得了河南道禦史顧春芳的賞識，官至刑部，不算錯得太厲害。

（3）皇后

是什麼時候開始，越錯越深？

也許，最早是從那些捕風捉影的傳聞裡。

新皇是在一個嚴寒的冬日裡登基的。一夜朔風吹得簷角掛上冰棱，宮裡的太監宮女天沒亮就出來掃雪，畢竟登基大典在即，這宮牆四處，怎能見雪呢？只是誰也沒想到，新皇路過時看見，竟然說，不必掃，就這樣堆著吧，她愛看。

她愛看。

那時候，宮人們誰也不知道「她」指的是誰，畢竟他們之前跟的是先皇，對新皇的一應喜好，還一無所知。直到後來，傳說中那位囂張跋扈的姜二姑娘入主坤寧，所有人看見那一張豔若春花的臉時，才明白，這就是「她」了。

從這時起，宮內宮外便沒有誰不知道姜雪寧了。

不，那時他還不知道她叫姜雪寧。

人人只尊稱她一聲，「皇后娘娘」。

皇后娘娘愛出去玩，新皇便常常帶她去山莊避暑；皇后娘娘愛玉愛珠，新皇便把內帑都打開來任她挑選；皇后娘娘不喜見秋葉飄黃，新皇便叫人把樹葉都塗綠了……

但這些都跟他沒有關係。

他是張遮。

那個沉悶、無趣、乏味的張遮，整日裡埋首案牘，既不喝酒，也不賭錢，更不出入秦樓楚館，像是一塊堅硬的石頭，瞧見便讓人心梗。

他的世界，簡單到近乎單調。

所以他很難想像，世界上竟有姜雪寧那樣的人，那樣一個女人。

避暑山莊涼亭裡，是姜雪寧對他的初見，卻不是他對姜雪寧的初見。早在多次的宮宴上，他就已遠遠見過這位皇后娘娘許多次了。

只不過那時隔得遠，而她也不可能看見他。

但就是隔得那樣遠，姜雪寧也是會被人一眼看見的那個。

她大膽，出格，叛逆，輕佻，放肆，嬌氣，不遵守那座深宮裡所有的規矩，熱熱烈烈地活著，像是一簇燃著的火，光是那雙眼睛看著人，就好像要把人燒化了，直直地烙進人心裡去。

只是張遮不喜歡她。

他也從不覺得自己會喜歡上。

畢竟，誰會喜歡一個跟自己截然相反的人呢？

（4）帝后

新皇沈玠，是先皇沈琅的胞弟。有傳聞說，他是謀害了先皇，才登上這個皇位。畢竟先皇雖然常常服食丹藥，可身體有太醫看顧，不服藥的時候神智也清醒如常人，怎麼就會一朝暴斃，還使得太醫院所有太醫對此諱莫如深呢？

但登基後的新皇，待人隨和，溫潤如玉。

以至於使人懷疑那些傳言——

這樣好的一個人，豈會做出那等弒兄奪位的事來？

時間一久，這樣的話也就沒人再傳了。

雖然張遮覺得，這些未必是傳聞。畢竟新皇雖然性情良善，可手握重權的太師謝危卻高深莫測。

人們關心的，是帝后之間那些事。

可以說，大乾建朝百多年，從未見過如此和諧的帝后。或者說，從未見過如此寵愛皇后的皇帝。

只是不知道什麼時候，這種寵愛忽然變了。

好像就是一夜之間的事。

前一天，皇后娘娘愛那飛過的鳳尾鵲，謝太師破天荒執了弓，將那羽毛漂亮的鳥兒射了下來。雖受了些傷，卻還活著。於是姜雪寧將鳥悉心地養在籠子裡，掛在屋簷下。一開始喜笑顏開，後來便鬱鬱寡歡，總坐在簷下，看著那鳥兒發呆。

忽然有一天，籠子空了，鳥兒不見了。

宮人們說，沒有人敢動皇后娘娘最喜歡的鳥兒，多半是娘娘自己放的，何況她誰也沒有追究。

只是帝后的關係，忽然就冷了。

新皇不再往坤寧宮裡走一步，對著朝臣時也露出了鮮有的疾言厲色；皇后也對新皇愛答不理，好像一下就不關心那些事了，對那些華服美食，都興致缺缺。

沒有誰知道，帝后之間，是誰先變了。

反正再不復從前模樣。

再後來，蕭姝便進宮了。

才一入宮便封為貴妃，又背靠太后的母族蕭氏，滿朝文武誰不以為沈玠是對姜雪寧生了厭，終於要將這德不配位的皇后廢掉了。

可出乎所有人的意料，並沒有。

縱使蕭姝受盡榮寵，沈玠也沒有提過一句廢后。甚至某一位朝臣，也不知是不是受了蕭氏一族的暗示，僅僅是在廢后的事上旁敲側擊了兩句，就遭了難。

沈玠當時並沒有發作。

可僅僅過了半個月，那位朝臣便明升暗降，被沈玠隨手扔去了偏僻的嶺南，與「封侯拜相」四個字絕了緣。

自此以後，再沒誰敢提一句「廢后」了。

（5）情愫

張遮不太能看懂姜雪寧。

她是皇后，本該母儀天下，可種種做派，又像極了妖女，像極了禍水。然而那一雙眼，偏又使你很難想到妖女，想到禍水。

避暑山莊的涼亭裡，他撕了袍角，不給她面子，從此便被她惦記上了，三五不時來找他麻煩，好像他是她煩悶生活裡難得的新樂子。

故意擋他的路，讓他難堪。

給他喝她喝過的水，讓他憤怒。

又或是執著一枝新摘的綠梅，帶著幾分戲謔，劃過他眼角，一句話攪得他心煩意亂。

姜雪寧無疑是好看的。

就算是蕭姝，雖然人人稱讚她的美貌更端莊，更大氣，可私底下誰又真覺得她能勝過姜雪寧呢？

芙蓉如面，柳如眉。

張遮想，也許是上蒼看他活得太簡單，太清苦，所以才故意降下姜雪寧這麼一個人來考驗他。

但他好像，並沒有禁受住考驗。

他開始因為這位皇后娘娘睡不著覺了。

天教亂黨追殺，他陰差陽錯與姜雪寧流落山野，同行數日。姜雪寧是肩不能挑手不能提的嬌氣，一應事宜都要他去打點。但或許是遠離了那座囚牢一般的宮禁，置身於無人的曠野中，只有天地為伴，她身上那種屬於人世的浮華，漸漸剝落了，褪色了，只剩下通明月色下，一捧寒冷的白雪，脆弱得等天亮、太陽一出，便要化掉。

「我好羨慕你。」

她這樣說。

張遮甚至記得那一刻她微微含笑的唇角。

第一次，他開始好奇一個人。

她是高高在上的皇后，甚至宮廷內外沒人懷疑，只要她願意，隨時都能奪回皇帝的寵愛。這樣一個人，何必羨慕一個兩袖清風、一貧如洗的刑部侍郎呢？

姜雪寧獨自坐在荒野裡那棵野梨樹的樹枝上。

張遮不知她究竟是怎麼爬上去的。

她一雙纖細的手按在粗糙乾燥的樹皮上，兩條腿在半空裡晃蕩，一點也不像個皇后，反倒讓他想起以前鎮子上那些家裡沒人管的野孩子。

「我找周寅之查過你了，你當年上學時，就很受先生的賞識；令尊雖然出了事，可為人持正，教你清正自守；令尊出事後，令堂與你相依為命，所以你棄科舉，從吏考，她關懷你，你也孝順她。」

姜雪寧的聲音，輕得風一吹就能帶走。

那一刻，張遮竟感到害怕。

害怕風真就這麼把她吹走了，不見了，也害怕她淺淡的言辭裡那罕見的一絲乾淨與柔軟，因為那會打動他，讓他做錯事。

「張大人。」

她一向這麼喚他。

「張遮。」

她又叫他，可卻換了稱呼。

張遮抬起頭。

她回眸凝望著他：「為什麼，你什麼都有呢？」

張遮不明白。

「從小時候，到現在，每一樣東西，我都要去搶，去奪，去爭取。從沒有一樣，是本來就屬於我的。也從沒有一樣，是別人主動給我的。一開始是婉娘，後來是爹娘，燕臨，然後是后位，甚至皇帝的寵愛……」

姜雪寧罕見地說著真話。

也許，是真話。

「我不爭，這些東西，就突然散了。就像河裡流的水，留得住一時，留不住一世。」

張遮想，他完了。

這一剎他甚至想，也許姜雪寧說的都是假話，也許這又是一次惡劣的捉弄，也許她是故意在攻破他的心防，他不應該放鬆，他應該警惕，不要讓姜雪寧鑽進來。因為她會在他心裡耀武揚威，宣布他是她不費吹灰之力征服的俘虜。

可他放任了自己回望著她，收不回目光。

姜雪寧說：「其實我不是故意要捉弄你，我只是喜歡你，又討厭你。」

她說完，笑了一聲，輕快地從樹上跳了下來。

張遮不知道說什麼。

但姜雪寧也似乎不想再說什麼，徑直就朝前面走去，沒有再回過頭。

那天晚上，張遮又夢見了她。

是在中秋的宮宴，朝臣們的面容都變得模糊，只有交錯的觥籌。皇帝端著酒盞下來，姜雪寧則陪在皇帝身旁，靜靜地望著他，竟然悄悄伸出手，握住他的手，而皇帝就旁邊與朝臣說話。那一隻手，是柔軟的，微涼的，又彷彿沾著令世人無法擺脫的纏綿，甚至是人心裡一抹難以對人道明的欲念。

張遮一下就醒了。

他想，是他僭越了，是他瘋了。

（6）照暗

回到京城，一切都好像成了夢一場。

姜雪寧再也不捉弄他了。

張遮的生活，好像突然回歸了正軌，像是以前一樣，平靜簡單得濺不起一絲波瀾。可他和以前不一樣了。他竟覺得，這樣的生活，宛如一汪死水，充斥著沉悶與無聊。

不認識姜雪寧之前，他並不知自己過的是這樣的日子。

她打破了他的世界，又抽身而去。

張遮發現，他開始關注與姜雪寧有關的消息。於是，慢慢才知曉，原來她的一切，在這座繁華的京城，並不是祕密。

他知道了婉娘，知道了姜府的祕辛……

漸漸地，便拼湊出一個新的姜雪寧來。

而這個姜雪寧，與所有人傳言中的姜雪寧，與他以往以為的那個姜雪寧，並不一樣。

張遮突然希望她好。

世間的流言蜚語，不要加在她身；宮內陰謀詭計，不要算計她命。如若蒼天憐見，不給她榮華富貴，也讓她安平順遂。

只可惜……

天意從來不如人願。

姜雪寧終究還是出事了。蕭姝連著她背後的蕭氏一族，又豈能容忍這麼一個皇后，壓在他們頭頂？他們策反了周寅之，讓姜雪寧四面楚歌，他們要置她於死地。

他沒想到，再次見面，會是她窮途末路，有事相求。

昏暗的宮道上，姜雪寧拎了一盞宮燈等待著他。

太師謝危與他同行，遠遠看見姜雪寧，便藉口回去尋玉佩，轉身離開。

她那樣倉皇又哀傷地請他幫忙。

她還誆騙他，以後要做個好人。

他沒有回答，在沉默裡走遠。

前面的一段路，竟然是漆黑一片。也不知是不是眼見著朝局變了，宮人們都不盡心，連道邊的宮燈都沒有點亮。

姜雪寧還在後面。

張遮便向門旁的小太監說，把這一路的宮燈都點亮吧，皇后娘娘一會兒要從這兒過的。

（7）落筆

他最終還是幫了她。

背棄自己一生的原則，任由自己陷入汙濁的泥淖。

然後，付出了慘重的代價。

母親離世了。

他被關在詔獄已經長達三個月，三司會審了許多堂，可竟沒有一個人敢為他寫下定罪的判詞。

張遮想，這有什麼不敢呢？

縱然他以前清正自守，也不妨礙他後來徇私枉法。

但既然沒有人為他寫，那他便為自己寫吧。

張遮慢慢地擱筆，注視著那長長的一頁字跡，昏暗的燈影裡，它們好像都活了過來，演繹著他這孤獨冷寂、誤入歧路的一生。

姜雪寧自戕的消息，是昨日傳來的。

而且是那位令整個朝廷都為之恐懼的帝師謝居安，親自送來。

他說，你的娘娘歿了。

張遮想，塵終會歸塵，土終會歸土，這世間一切繁華也終將結束，也許這對她反而是個更好的結果。

只是那位謝大人……

可真奇怪。

與他相熟的獄卒，今早來送飯的時候，悄悄告訴他，本來衛梁大人要來探望，還帶了一枝綠梅。但詔獄門口遇到謝大人，也不知哪裡觸怒了謝大人，被抓起來，連那枝綠梅也扔地上踩碎了。

張遮於是笑起來。

原來連那樣的聖人，也不能免俗。

姜雪寧說得對，她就像是那河裡流淌的水，縱然青山想遮，也畢竟東流而去，回不了頭了。

（番外篇完）

國家圖書館出版品預行編目資料

坤寧 / 時鏡作 . -- 初版 . -- 臺北市 : 臺灣角川股份有限公司 , 2023.05-
冊 ;　公分

ISBN 978-626-352-546-7 (第 4 冊 : 平裝)

857.7　　　　112003068

坤寧 四

2023年5月25日 初版第1刷發行

作者　時鏡

發行人　岩崎剛人
總監　呂慧君
編輯　陳育婷
設計主編　許景舜
印務　李明修（主任）、張加恩（主任）、張凱棋

台灣角川

發行所　台灣角川股份有限公司
地址　104台北市中山區松江路223號3樓
電話　(02) 2515-3000
傳真　(02) 2515-0033
網址　http://www.kadokawa.com.tw
劃撥帳戶　台灣角川股份有限公司
劃撥帳號　19487412
法律顧問　有澤法律事務所
製版　尚騰印刷事業有限公司
ISBN　978-626-352-546-7